烏龍院
精彩大長篇
七鮮魚丸
漫畫＝敖幼祥
蝦
神

七鮮魚丸

登場人物

長眉大師父

大頭胖師父

烏龍大師兄

烏龍小師弟

七鮮魚丸店老闆娘—老貢丸

七鮮女老大—大肉丸

七鮮女老二—雙冬丸

七鮮女老三—秋刀丸

七鮮女老四—花枝丸

七鮮女老五—五香丸

七鮮女老六—珍珠丸

七鮮女老么—小魚丸

海防隊阮司令

日本情報長官—佐佐木

日本情報員—小急田

日本情報員—太久保

老龜師爺

臭魚島島主

海防部隊忠肝義膽犬

海賊魷魚兵

臭魚島海賊—小蟹仔

魚丸村海防小兵

海賊蝦米兵

今夏的狂陽，曬化了線條……
SUN

呼！
呼！
呼！
熱的我快虛脫了……
水……
好渴！
水
SWAAA
哇～連水也是燙的！！
什麼鬼天氣？
去沖個涼吧！

啊！位子已經被占了！
JUMP!
泡澡也不先叫我一聲！
真是不夠意思！
哇！是你！!
枉費我平時那麼疼你們……

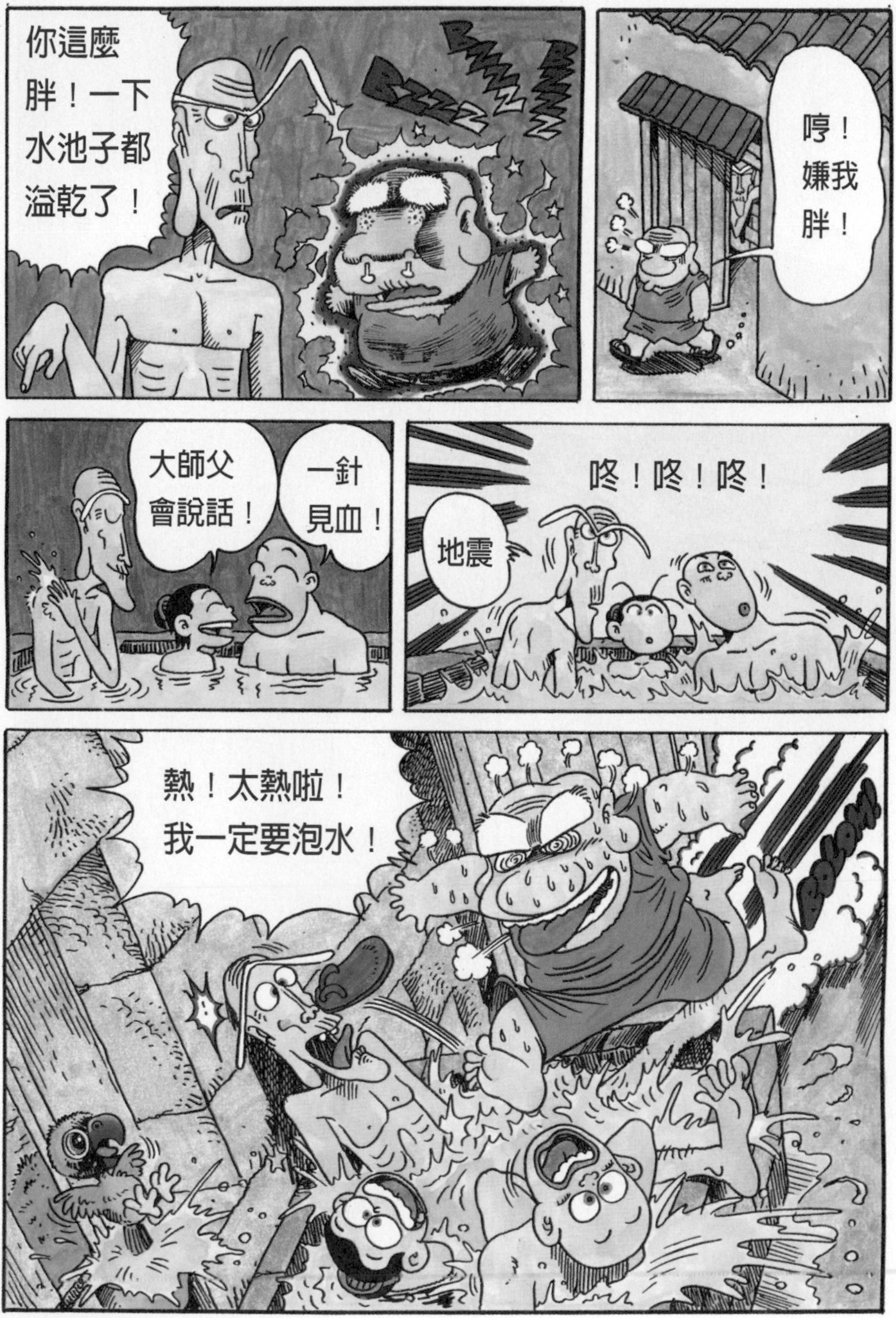
你這麼胖！一下水池子都溢乾了！
哼！嫌我胖！
大師父會說話！
一針見血！
咚！咚！咚！
地震
熱！太熱啦！我一定要泡水！
BOLOM!

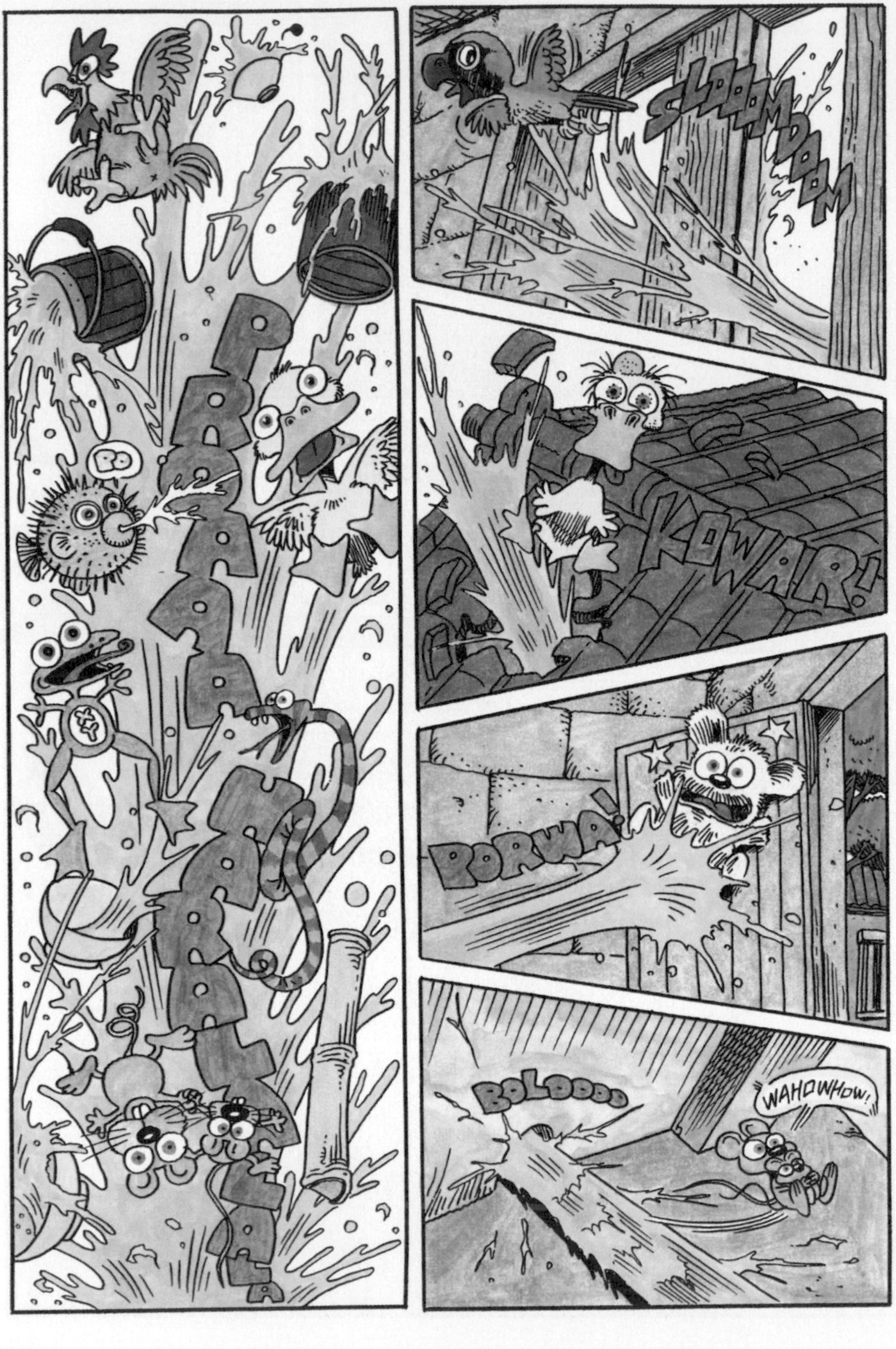
SLOOMDOOM
KOWARI!
PORWA!
BOLOOOO
WAHOWHOW!

完了。
怎麼會變成這樣！
咦？
人呢？
喂！
喂！
老長眉！
徒弟們！
我們被你「沖」上來啦！

水池被你壓破，以後只能去海裡玩了！
好疼呀!!
大師父會游泳？
想當年老夫還是蛙式冠軍！
那當然！
像吗？
那你一定也很會吞蚊子囉！
別聽他在吹牛！
照過來！
嘿！嘿！
真正的浪裡白條、水中蛟龍在這兒哪！
像吗？

讓你們
瞧瞧—
老太太的
裹腳布嗎？
此乃我悠久的
游泳史。
了解。
如此看來，
兩位師父誰
最強呢？
當然是我！
是我！
瘦皮猴！你
想與我爭第
一？
肥豬仔！
有本事放
馬過來！
較量功力
見真章！

充滿激浪與磯岩
的狂濤灘—
狂濤灘的小生命個
個精神飽滿，活力
充沛……
ONE
TWO
THREE
JUMP!
就連捕食方式
也異於尋常！
無影腳！
KOM!
SLAM!
犯規！

?
哇
哇
我才是無影鳥之王！
呵呵……
嚇唬小鳥算啥好漢？
這是讓海龍王也膽寒的「九轉肥漩渦」！

小小的燭光也
敢自稱星光？
要比幻術我
可是開山老
鼻祖！
變身金剛！
KUANG!

哇！我可愛的玩具魚！
你實在太無人道了！
拿出我的獨門暗器！
迴馬彈弓！
小卵石也敢獻醜！
看我的沖天炮！

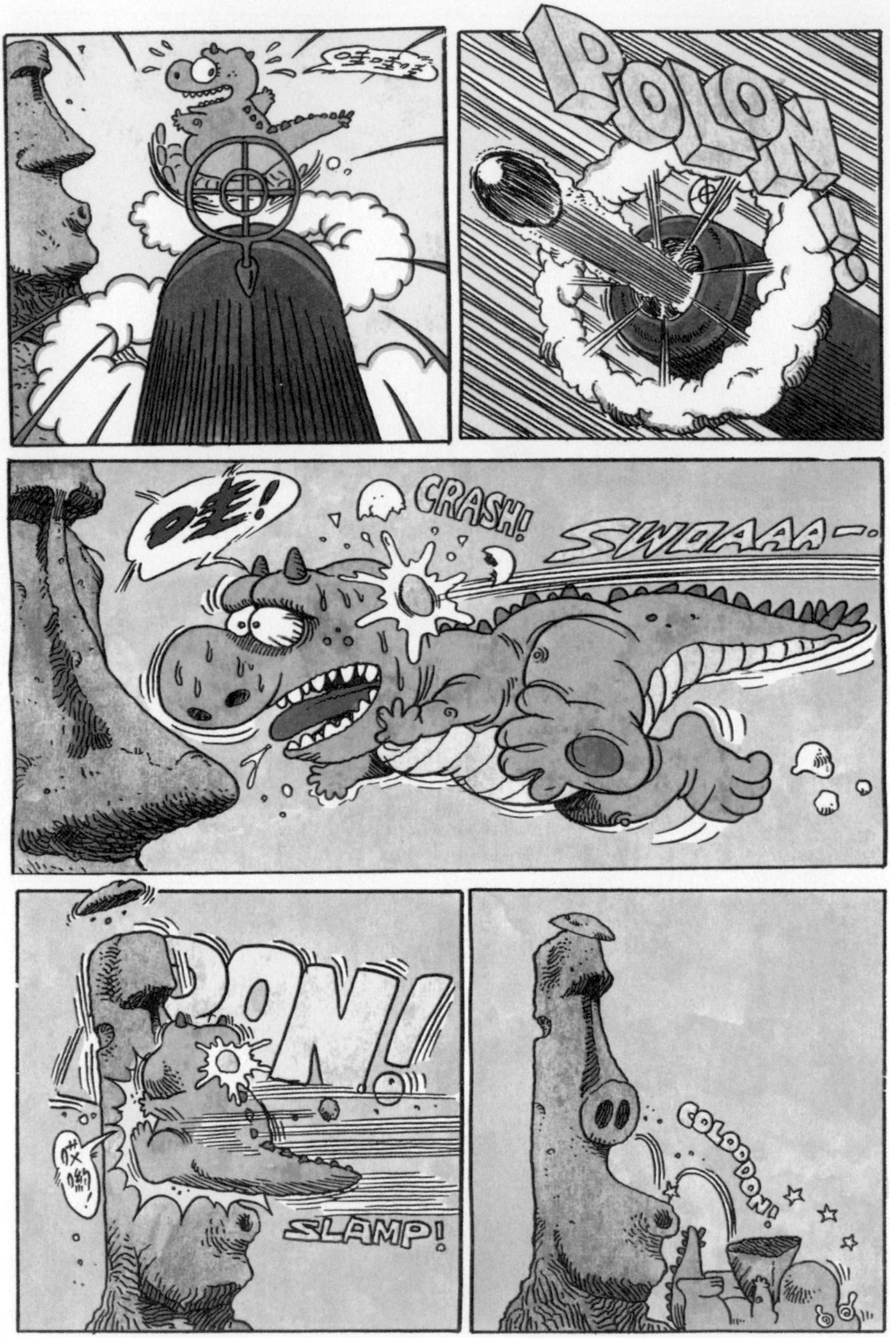

哇哇哇
POLON!!
哇!
CRASH!
SWOAAA-
BON!
哎喲!
SLAMP!
COLODON!

嗚……
破你個西瓜！
哇！
發火了！
呼！
呼！
呼！
呼！
呼！
呼！
呼！
真人不露相！
悶雷非霹靂！！
長征黃河
380000公里

來吧！
真強者何必大張旗鼓！
長江冠軍
事實勝於滿嘴的雄辯。
看誰先游到魚窩島！
OK!

立即開始！
渦輪式！
墊氣式！
SLAM!
PA
PA
PA

SLAMP
PA
PA
PA
咦？飛魚嗎？
?
哇！是飛人!!
借過!!
溜之大吉

好～厲～害！
臭老頭！把魚都嚇跑了！

七鮮
魚丸店
喂！不要
見了女性
沒人性！
妳好！
嗨！
好可愛！
哈囉！
嘿！
!
豬頭！
七鮮
魚丸店

喂！
你兩個豬頭幹啥嘻皮笑臉？
她在說你！
不！是指我們兩個人。
我們不是豬頭！我們是奧運選手！
對！
奧運？
怎麼解釋？
冷靜一點嘛！
來！
既然是行家就讓咱們比一比誰行！
糗了！
牛皮吹破也！

大師兄如何應對？
別慌！
且讓為兄分析一下現場狀況……
嗯！
嗯
嗯
嗯
嗯
嗯
嗯
你別只會「嗯」，快說話呀！
嗯
嗯
嗯
不敢比嗎？叫我姐姐就饒了你！
七鮮魚丸店
哼！誰怕誰？
嗯
嗯
嗯
嗯
嗯
嗯
嗯

師弟！
且慢……
師兄放心！憑我的功夫不會讓烏龍院丟臉的……
AAAAAA
POSTOM
七鮮魚丸店
哈哈哈！狗吃屎！丟臉丟到家啦!!

長的像北京狗！
妳才是醜八怪！
欺負我六姐！吃我的破蛋拳！
你怎麼可以這麼粗魯？
哇！好疼呀！
女生對付臭男生就要出狠招！
你
是
說
你
是
女
生
我先笑一下！哈—哈—哈—
看什麼看？
沒見過天下第一大美女嗎？
沒搞錯吧？

愛說笑
妳這樣也算美女？西瓜也能當西施了！
糗我？
破蛋大粉拳！
七鮮魚丸店
蛋蛋不能隨便亂打！
小師弟慌慌張張去哪呀？
閃！
飛身擊卵！
哇呀呀呀呀！

竟敢打我的
處男蛋！
不要傷害我七妹！
！
妳是女的？

以後不可以打男生蛋蛋！
不
不可以打男生蛋蛋！
不
不可以打男生蛋蛋！
不
不
不
不
不
不
不
PA
好倔強的怪小孩。
快說好！
不
不
不
不
不
不
不
不
不
不
不

要逞英雄
就與我比
泳術！
沒問題！小
師弟上——
帥哥！用力
把貝殼扔到
海裡！
好！我扔！
耶！大師兄
天生神力！

現在下海，
誰先撿到誰
就贏！
啊！
你幹啥那麼
用力扔？害
我嗎？
又怪我！
放心去吧！
其他的就交
給上帝吧！
汪洋大海
何處尋
呀？

跳！
燕子剪！
轉九洲！
大上海！
小寧波！
簡直就是位美人魚！
POTON!
對喔！
六姐已經游遠了，你們還在發呆！
小師弟呢？

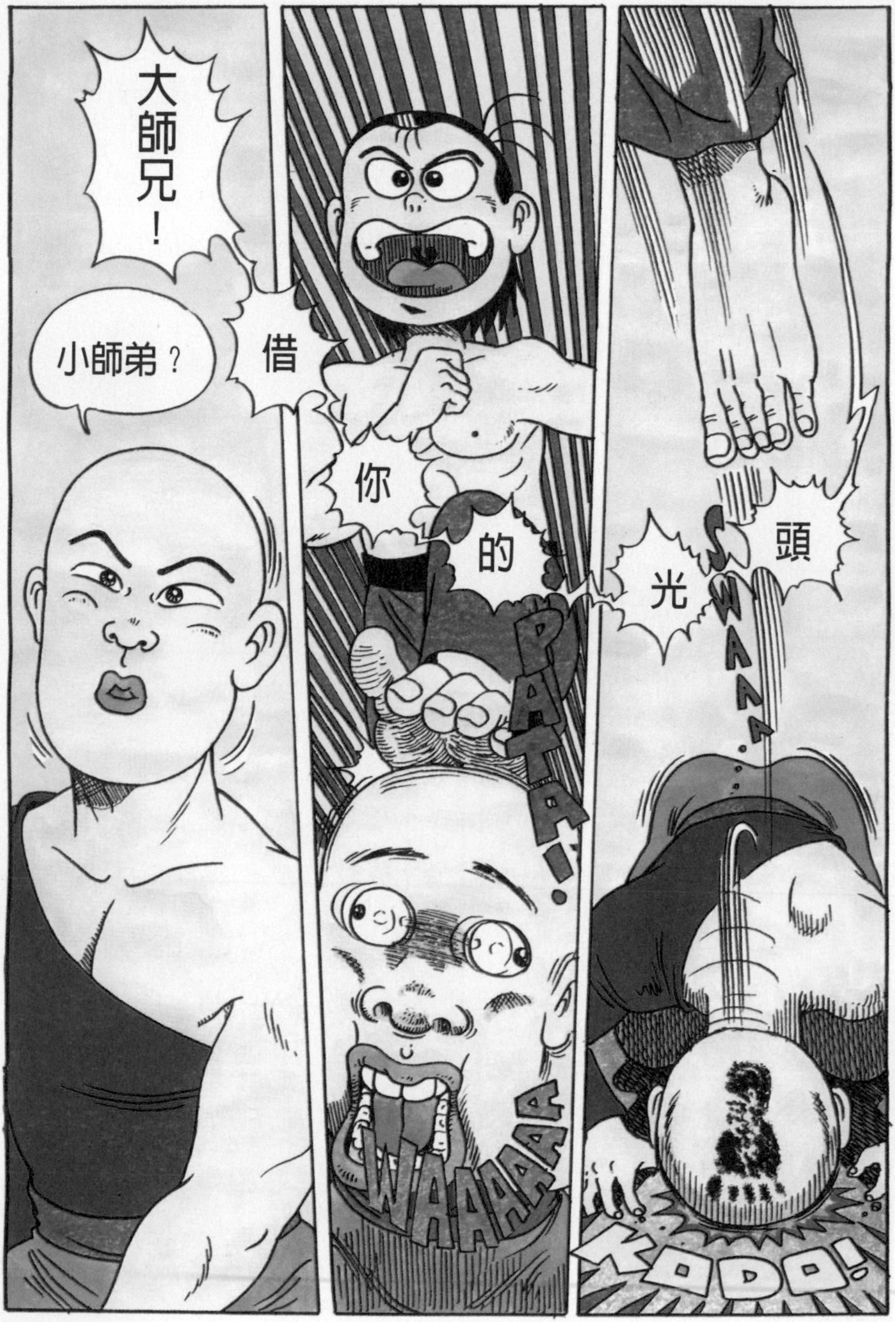
大師兄！
小師弟？
借
你
的
PATA!
WAAAAAA
光
頭
SWAAAA
KODO!

WHA WHA
WHA WHA WHA WHA
怎麼把我的
頭當跳板！
真是一對
豬頭。
WHA!
POWLAR
SLOOOMM!
唔……
快憋住氣找
到方向……
BOLO
BOLOLO
BOLOLO

在那邊！
海豚式！

BOLO
BOLO BOLO
KODON!

嘿嘿
嘿！是我先看到的。
喲！掃粉腿！

要用陰的我奉陪！
討厭！不知憐香惜玉！
耶！拿到了！

!
哇……八
爪巨章！

糟！他
沒氧氣
了！

那邊上來一個人！
是我大姐。
你師弟可能已經
餵魚了！
七鮮魚丸店
呸！
當心我破你的西瓜頭！
小欺大被狗咬！

RAF!
Poo
!

想英雄救美？
SLAM
左勾拳！
右勾拳！
上直拳！
狗熊！爪多勢衆！
SOCK
還嘴硬！
那是……
小師弟

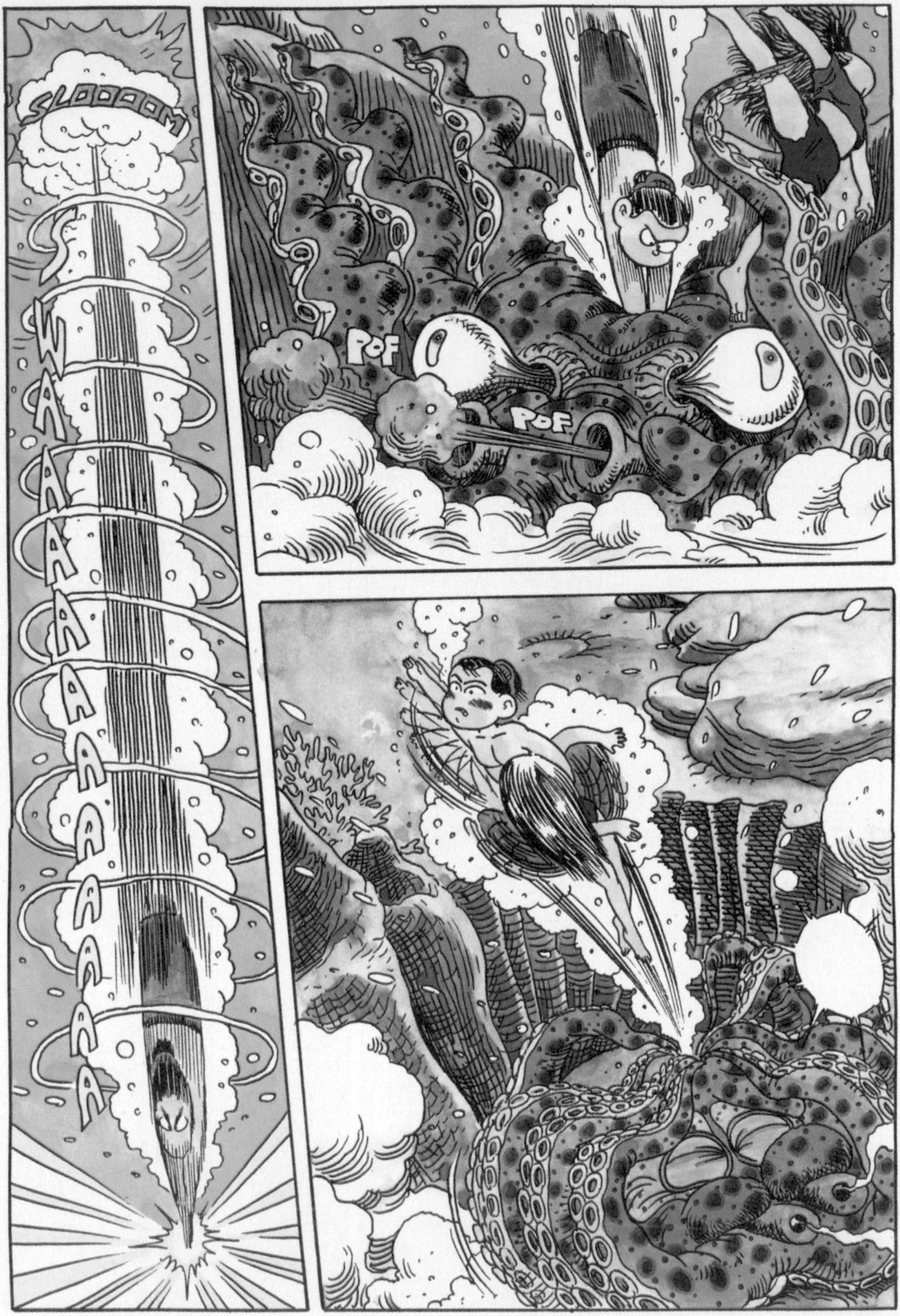
SLOOOOM
SWAAAAAAAAAAA
POF
POF

大師兄有
章魚……
他們在
說啥呀？
POLAA!

哎！
呀！
心愛的奶嘴。
被嚇掉了。
大章魚！！
大大的章魚！
怎麼辦？
救命呀！
救命呀！
今天有沒有刷牙？
聞
有口臭。
我有刷！
大師兄！我快挺不住了！
臭章魚！我K你！！
七鮮魚丸店
妳的K太小了！
要用大一點的K！

加油！
本美女為你打氣……
YEAAAAA
哇
犀利！
帥哥
加油
扔他

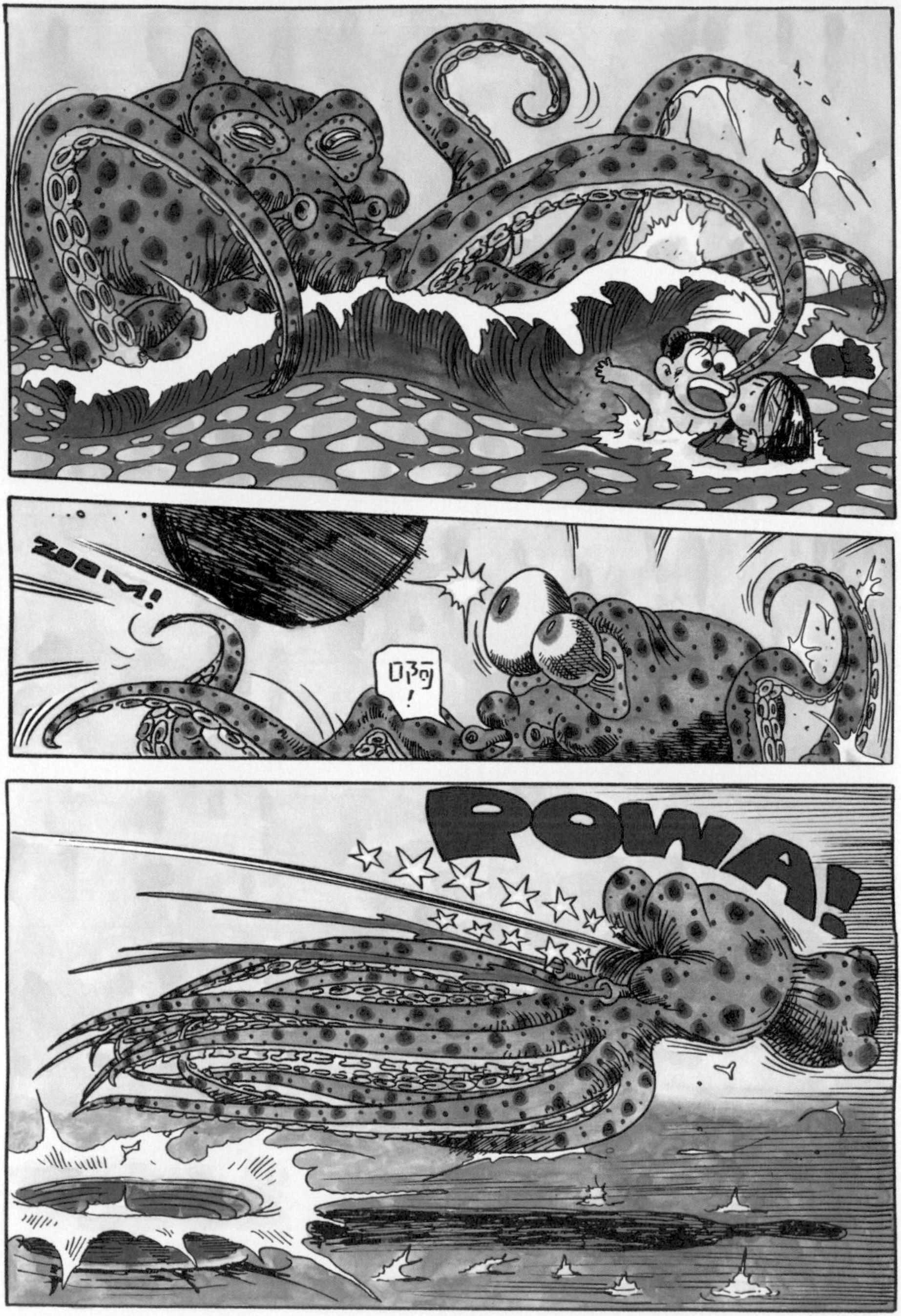
ZOOM!
POWA!

SLOOOOMM!
BOLOM
BOLOM
BOLOOM
BOLOOM
耶——
一擊命中
目標！
因為有我
愛的鼓勵。
輕一點，
沒抱過美女
嗎？
醒一醒！妳
不能死呀！

啊……
我怎麼了？
為什麼？
身體輕飄飄的？
我是來帶妳的勾魂使者。
來吧！我是妳的攝魄使者。
難道說我已經死了？
不要！
不要！
我不想死！
小雞還沒餵
蛋沒孵
花沒澆
我還有好多事要做呀！
醬菜還沒醃好
我的人生才開始……而且……
烏龍院漫畫還沒看完……
流星雨還沒許願
!!!

七爺叔叔，您最善良，放我走吧！
好心的八爺伯伯，拜託了！
哎呀！最怕小女生求情的啦！
讓我想想辦法吧！
呼叫地獄總部——
啥事？
有一名小女孩疑似檔案錯誤……
是的！
搞不好是電腦病毒……
密碼有問題。
惱人的電腦！哼—
好啦！好啦！那就把她從網路名單上去掉！免得全部當機！
FAX
是！長官！
是！長官！

感謝二位大德。
做鬼也要通人情。
此地不宜久留，快回陽間去吧！
不要再見面了吧！
後會有期了！去吧！
回收桶
!
沖！
收桶
吐！
水吐出來了！小命保住啦！
得救了!!
閉嘴！
都怪你！都怪你！都怪你！
七鮮魚丸店

嗯！
啊！
七爺、八爺你們還在這裡呀！
她為何一醒來就喊我七爺八爺？
又暈過去了！
快帶她回家休息吧！
真是折騰人哪！
喔……
好累
八爺爺抱我走吧！

七鮮魚丸店
小魚丸 珍珠丸 五香丸 花枝丸 秋刀丸 双冬丸 大肉丸
野丫頭！出去玩水還帶了四個男人回來！
哼！
媽，妳別生氣……
傳統的悍婦！
姊，面紙給妳！
別哭哭！
他們是…
七鮮魚丸店
你們兩個老不修是怎麼欺負我閨女的？
吼
是咱們師父把她救活的！

媽媽！
臭魚島主又來提親啦！！
PON
七鮮魚丸店
PON
嗯！身材……不！是身手很好！
天下男人怎麼都那麼煩？
我不會答應這婚事的！
魚丸嫂，島主是誠心誠意想娶大小姐的。
你是猩猩嗎？
七鮮魚丸店
這是島主的聘金！
嫁給島主有享受不完的榮華富貴……

把臭錢拿回去！
我不會把女兒嫁給海盜頭的！
別捏我的鼻子！！
疼呀！
賣魚丸的！妳敬酒不吃吃罰酒？
呔！和女士說話有點風度！
!
妳什麼時候又生個兒子？
不是！不是！不是！
愛是不能勉強的！
真囉嗦！
我二妹雙冬丸是當事人。
問問她的意見吧！
七鮮魚丸店
這塑像送給你島主，叫他死了這條心吧！

你們島主很缺夫人嗎？帶我去吧！我很會燒海鮮，包他白白胖胖……
海盜的根據地臭魚島
摸魚中的衛兵。
任務失敗了。
報告島主
雙冬丸親口說我是癩哈蟆想吃天鵝肉
她還如此有心的塑了這個作品送給我？
是啊！捏的好傳神！
龍

美麗與哀愁，愛到深處無怨尤呀！
愛他！恨他！愛你！恨你！
龍
好像白癡電視劇。
老古板！懂什麼羅曼蒂克？
沒你騷唄！
DON
心裡沒有愛情的男人就像陰暗之鼠！
男子漢大丈夫何必單戀一枝花？
唉
天涯何處無芳草呢？
某大企業
誠徵
總經理
待優有
美麗的
秘書小姐。
這…說來話長……
大王細細道來吧！
小的今天就陪你談談往事，傾訴衷腸。
嘩啦嘩啦
滴落
滴…
從小時候，我就非常喜歡雙冬丸。
每天下課我都會買魚丸湯請她喝……

不對噢！你的自傳上初戀情人是林憶蓮。
咳！所以她排第二了。
也不對……
你暗戀最深的是王菲。
戀不到也算嗎？
雙冬丸不就排第三名了？
可憐呀！為了第三名而憔悴！
不知道什麼原因，我一見到丸子就火熱的想到她！！
愛的火熊熊燃起，一發不可收拾！愛不到的更讓人心醉！！
全速前進魚丸店搶親！！

愁雲，魚丸店
愁
啊
啊
啊
啊
啊
喵嗚
七鮮魚丸店
大肉丸 双冬丸 秋刀丸 中卷丸 花枝丸 小魚丸 珍珠丸
唉
魚丸嫂一臉的愁容滿面。
媽媽，不要心煩煩。
吸吸我的神奇奶嘴就不煩了。
我夠煩了！別再來煩我！
好心當狗肝。
魚丸嫂放心！我等一定保護雙冬姑娘。
聽說這幫海盜盤據在臭魚島。
蝦兵蟹將水性奇佳。
就連海軍也畏他三分。
嚇！
對不起！我剛才隨便說的。
海有那麼恐怖嗎？
比恐龍還恐怖嗎？
一定能想出一個萬全之策。

二姐！
我不想見到
妳當海盜
婆！
二妹！大姊也想
幫妳呀！但是海盜
不喜歡我。
嗚呀！他們
太不識貨啦！
呆？呆？
好感人的
場面。
七個姐妹
一條心！
嗯！
雖然妳常糗我矮
冬瓜，頭髮像西瓜
皮，眉毛像毛毛蟲
，但是我也會祝福
妳的……
昏倒！
七辮
喂！好心當
狗肝啦！！
我絕不會把女兒
幸福葬送在
海賊手中。
PAN
媽媽，
我愛妳！
辛苦把妳養那麼大，
隨便嫁出去我多划不
來呀！
稍安勿燥！此時此刻
更應該團結在一起。
喂！不要
摟的那麼
緊唄！
酸葡萄
大膽！！
海盜竟敢
來搶親？

先通知我老婆回娘家躲一躲！
阮司令官！
海盜還沒來哪！
我是防患於未然！
那就拿出魄力防盜吧！
魚丸村海岸防衛司令部
區區小海賊有何懼？
兵來將擋！水來土掩！
喲，呵！官架子端上來了！
小鬼！你可知海賊何時登陸？
我？我怎會知道呢？
看你嘻皮笑臉一定是海賊派來臥底的！
你！當官的！難道連好蛋壞蛋都分不清啦！
對！我是好蛋！
立刻飛書給朝廷，派海陸空三軍四面埋伏一舉擒賊。
嗯！口氣大了一些。
我的紫砂壺。

寫密函請求支援……
可！
密函要非常秘密的寫……
「緊」寫錯啦！
羞
井急事件
阮司令官！你想尿遁了嗎？
高手！
密函從本部送到縣府。
縣府再送到州部。
再等呈到兵部評估。
評估後再送到中央審核。
審核通過之後還要編預算才能派兵。
依我的專業判斷，大約要一年的時間才會收到回函。
信箱
要相信本司令的能力！
算了！算了！等部隊開到兒子都生出來啦！
不願配合我也省事！
老百姓就是不懂得軍事專業！哼！
井事急件

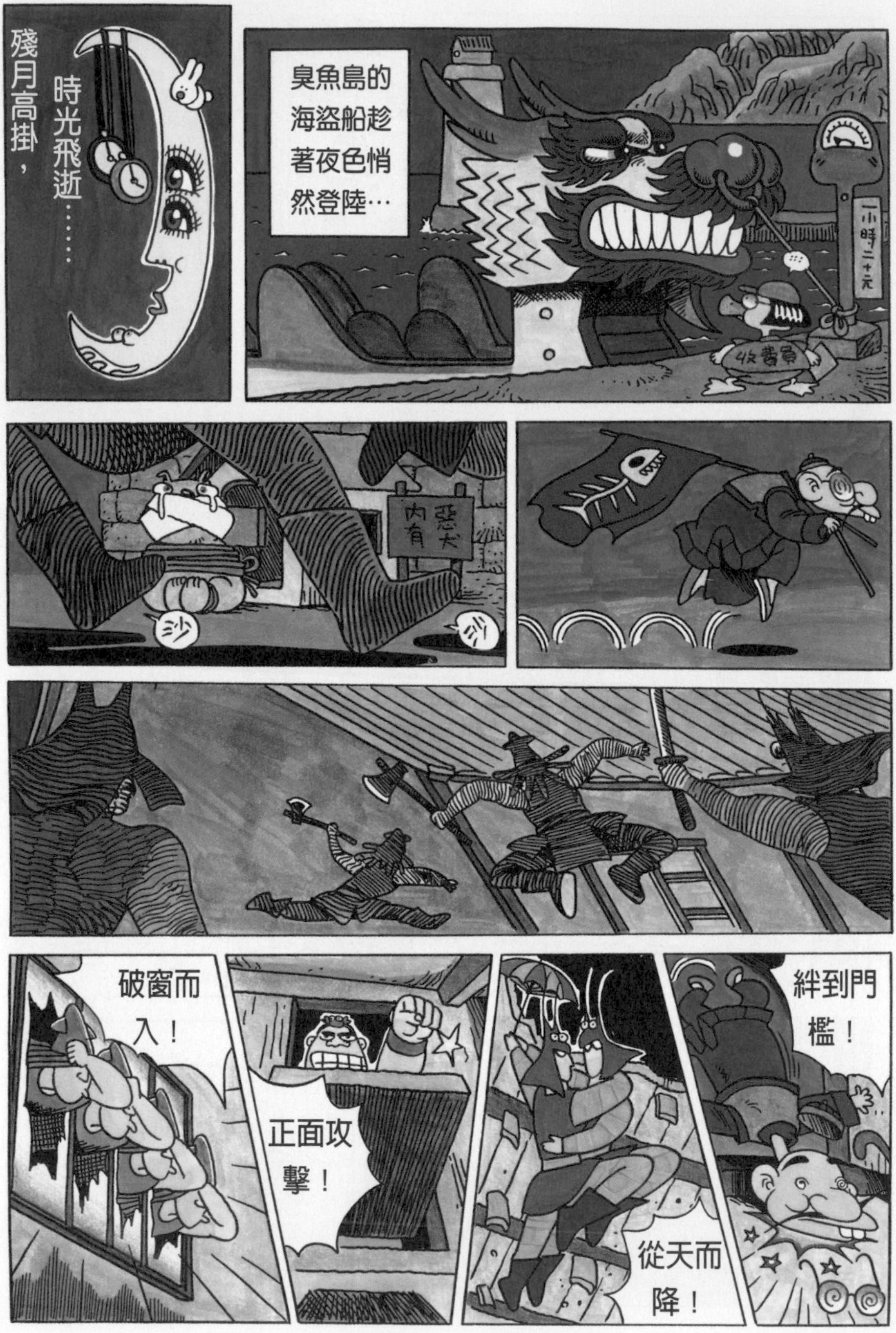
殘月高掛，
時光飛逝……
臭魚島的海盜船趁著夜色悄然登陸…
一小時二十元
收費員
內有惡犬
沙
沙
破窗而入！
正面攻擊！
從天而降！
絆到門檻！

哇！
哇！
哇！
要冷靜……
哇！
哇！
大肉丸慢一點！
媽！我也怕怕！
媽！我也要抱抱!!
一堆丸子滾成一塊了！
孩子，媽喘不過氣了……
媽媽的懷抱好溫暖！
我的奶嘴被擠掉了！

雙冬丸
咳 咳 咳 咳 咳 咳
突然……臉色大變！一時嗓門打了結！
一緊張就手腳發軟的老毛病！
POOF!
SLAMP
海盜叔！振作點！
沒事！為了愛跌一跤算什麼！
追我二姐要有勇氣！
對！愛拼才會贏！
雙冬丸，吾愛—
玫瑰多刺君多情！妳看！
真心的？
枯了？
廉價品沒好貨！
這表示我們將來的悲慘命運。

有我在！休
想帶她走！
還有我！
KA!
那就別怪我
無禮了！
臭魚
安眠劑

本姑娘……
挺
的
住
強力臭魚襪！
雙冬吾愛
先委屈一下
妳的鼻孔
了。
打道回府！
糟糕！
剛才的臭襪
威力太猛了！

吸！
舔
舔
神奇奶嘴！
媽媽！用力吸一下！
耶！神奇奶嘴！
吸一吸神奇奶嘴！
神奇奶嘴深呼吸！

出了什麼事？
我們來晚一步！
唉！
垂・頭・喪・氣—
如果沒氣就充充氣！
充你個大頭——
二姐被海賊王擄去了！
傷心的珍珠丸
擤！
很傷心的大肉丸
女兒被擄走了！我要怎麼活呀？
擤！
這樣傷心很不環保呦！

收起悲傷帶著微笑，讓我長眉做為尋引妳的燈塔！
你正經一點行不行！
人家女兒現在正處於險境！
你們真的能救她嗎？
沒問題！就讓我來照亮妳的迷途吧！
烏龍院能擔此大任？
一言既出，駟馬難追！
四匹馬追不到，五匹六匹七匹也沒用的！
我魚丸嫂從不求助男人！如果你能救回小女……
就把我自己……

我自己最珍貴的……
最珍貴的魚丸秘方獻給你！
鬆了一口氣！
誰？是不是海盜又返回來了？
開門！
PON DON
KENKEN KAKA!
開門！
COW
快去應門！
不要怕！我就在你左右！
噢！
老奸猴。
每次危險的事就叫我先做砲灰。
PON
打！

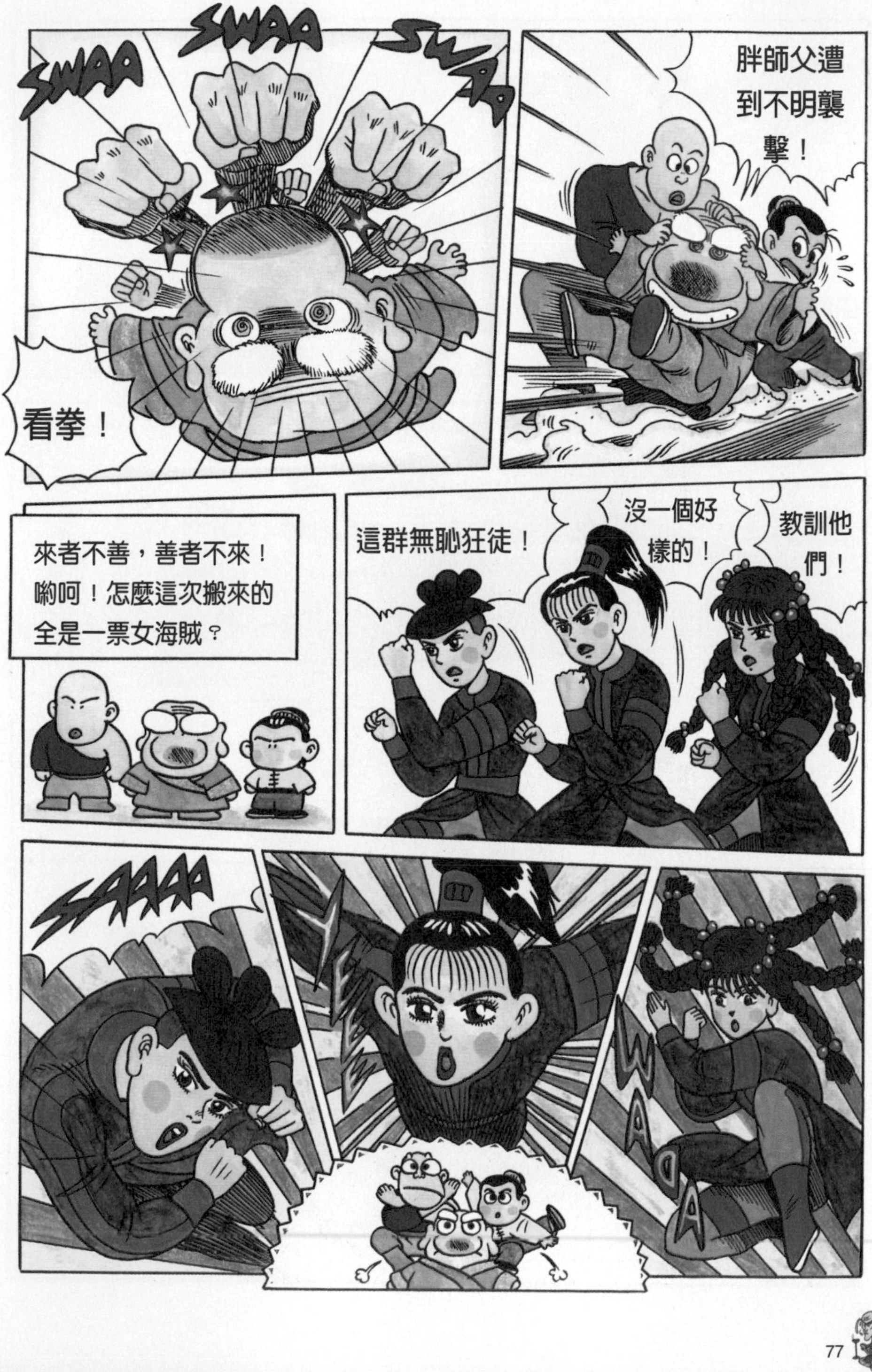
SWAA
SWAA
SWAA
看拳！
胖師父遭到不明襲擊！
來者不善，善者不來！喲呵！怎麼這次搬來的全是一票女海賊？
這群無恥狂徒！
沒一個好樣的！
教訓他們！
SAAAA
WADA

姿勢不錯，
準頭欠佳。
像這樣！妳很快
就淪陷敵手……
後面還有哪！
唉！
忘了還有這招！
火辣辣！
第一次被
女子秀辮
甩臉！
頭髮多嗎？
我拔光妳像沒
毛雞的屁股！
!
啊？
咦？胸口上
繡的是什麼
東東呀？

峨嵋女子
武術學校
……
喂！不去上
課來這攪和
什麼？
PA!
三位姐姐，
快住手！
姐姐？
奶嘴小魔
女偷擊我
……
好硬
的頭。
丸子們！
別再鬧了！

這三個也是我的女兒，排行老三、老四、老五──
大肉丸
雙冬丸
秋刀丸
花枝丸
五香丸
珍珠丸
小魚丸
原來三位是武林高級學府的高級弟子呀！
媽花大錢送妳們讀貴族學校，家中有難現在才回來……
媽，你有點偏心哦！
立刻去臭魚島！
鏟除海賊！
救回二姐！
憑妳們這些學院派的拳腳能對付那幫惡棍嗎？
媽！我堅決反對這種消極思想。
PA!
小魚丸說的有理。大敵當前，士氣第一。豈能長他人志氣，滅自己的威風。

你說對嗎？
嗯！
長眉！你在發什麼呆呀？
老猴子！你色瞇瞇的在打什麼歪主意？
出手輕一點！童言無忌嘛！
土鮮魚丸店
親愛的母親與姐妹們！
我們有堅定的信心和勇氣。
挑戰臭魚島。
峨嵋山，出人才。啦——啦——啦——啦，拳打少林，腳踢武當，女子當自強，勝過大野狼！啦——啦——啦——
昂貴學費不是白繳的！
套招還有隊歌，好像是青春偶像歌手。

三位峨嵋高材生肯定學習一身本領，我倆佩服佩服。
平時都在學校唱歌跳舞，老師說做個女俠交際也很重要！
從小媽媽就送我們去補習，希望我們考入名門院校，青春都被書壓扁了……
參考書
補習班
考
考
烏龍院要比峨嵋強多了，師父教育我們都是五育兼修文武並重。
傻徒弟說話真窩心。
給咱倆十足的面子。
但是，
他們也三不五時說說黃色笑話，偶爾看看A片……

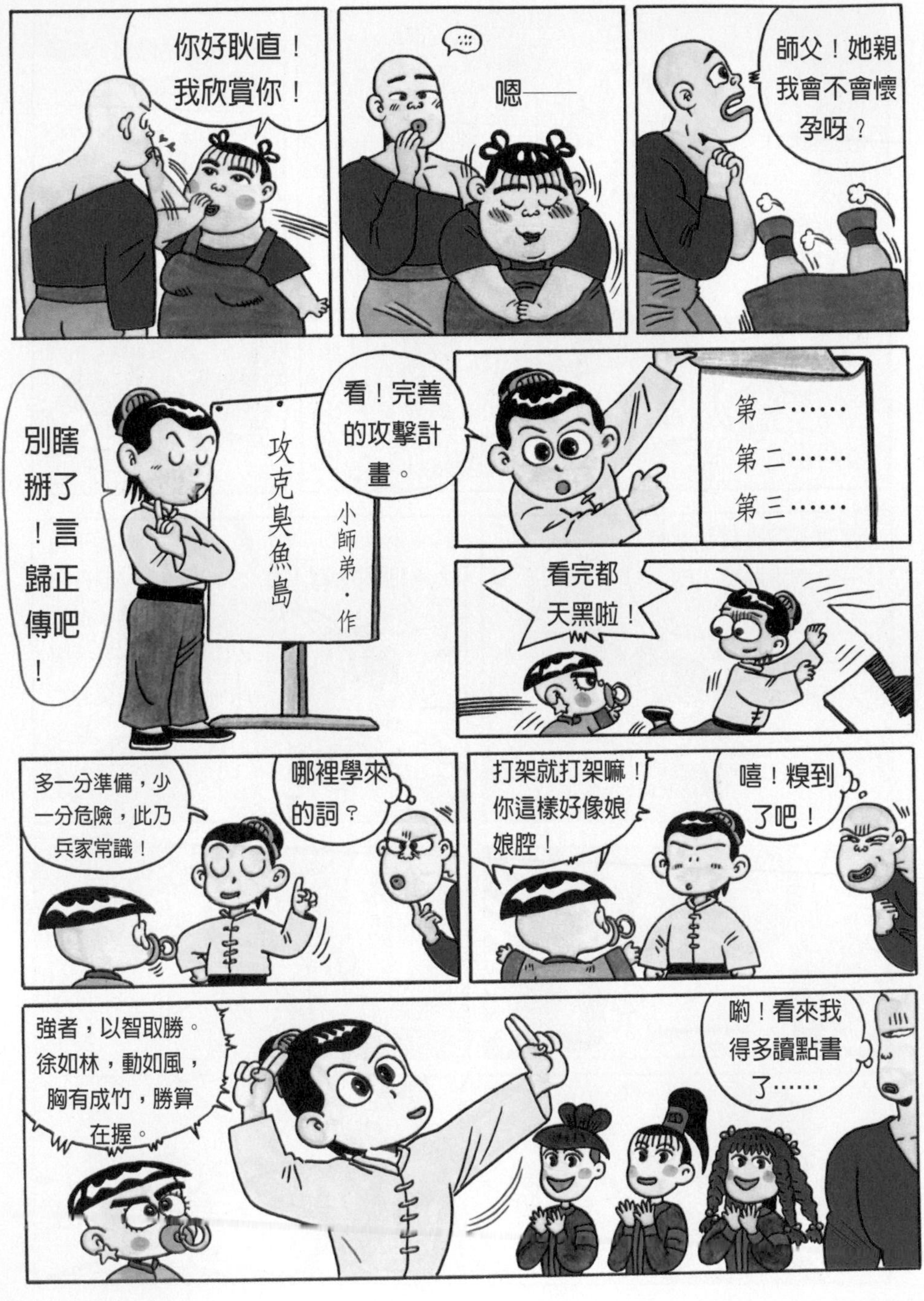
你好耿直！我欣賞你！
嗯——
師父！她親我會不會懷孕呀？
別瞎掰了！言歸正傳吧！
攻克臭魚島
小師弟・作
看！完善的攻擊計畫。
第一……
第二……
第三……
看完都天黑啦！
多一分準備，少一分危險，此乃兵家常識！
哪裡學來的詞？
打架就打架嘛！你這樣好像娘娘腔！
嘻！糗到了吧！
強者，以智取勝。徐如林，動如風，胸有成竹，勝算在握。
喲！看來我得多讀點書了……

喂！你們怎麼又來煩我了？
魚丸村海防司令部
軍事重地
閒人勿入
不是告訴過你們，申請剿匪要先填申請書？
這些老百姓真是沒有一點軍事專業！回去！回去！
你少擺架子！大魚頭司令官！
養兵千日，用在一時！現在就是保家衛民的時候！
先殺殺他的威風！
你……說什麼？要殺什麼？殺什麼嗎？
呦，聽覺很敏銳！

要殺頭是嗎？
我最內行啦！
來呀！
你這頭大腦小的傢伙…
我…
剝了
煮湯
三吃
你
他是說：
「共同殺敵！」
你當本官是井底蛙嗎？有敵人我會不知道嗎？
呱！
吃燒餅沒有不掉芝麻粒的。
阮司令英勇威武，名震七海，群寇聞風喪膽。但是難免有些壞心眼的毛賊處心積慮想要來搞些破壞……

難保這些小事捅出了大簍子！！
到時候阮司令恐怕會因此而被上級調到北極去。
但是，如果我們配合，你可坐享戰功，平步青雲，想一想多麼美好的未來！
海軍大將
海浪濤濤我不怕
掌起舵兒往前划
說到我的心坎裡…
早就想離開這個鳥地方！
把你的軍用戰艦借給我們吧。
可是…這…不行…要填表……報告上級……唔……
乖乖哦
聽我的
轉呀轉
看這裡
來！
讓我們共同消滅敵人！
成了！
以後這種婆婆媽媽的事就交給你辦唄！
真的小田雞

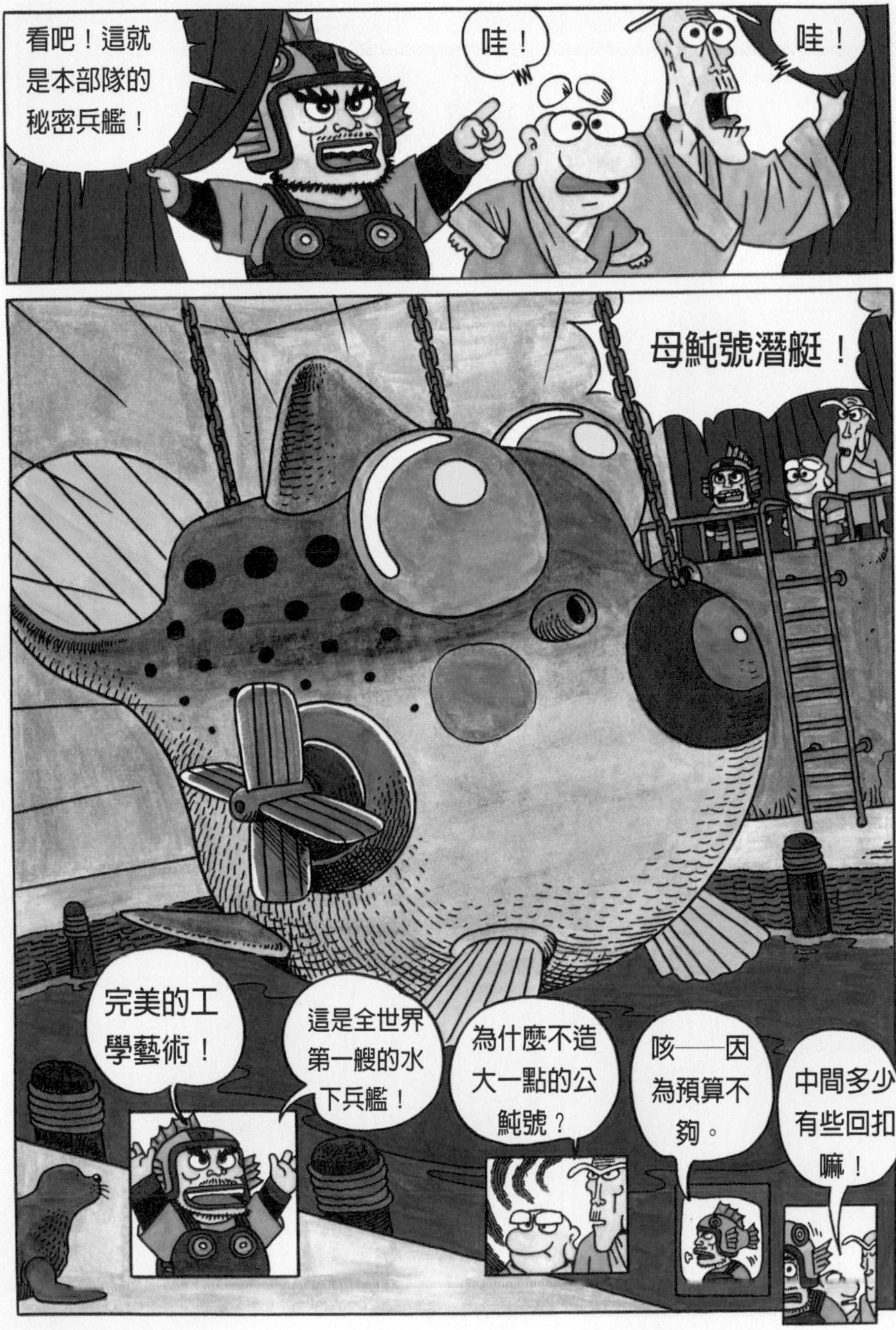
看吧！這就是本部隊的秘密兵艦！
哇！
哇！
母魨號潛艇！
完美的工學藝術！
這是全世界第一艘的水下兵艦！
為什麼不造大一點的公魨號？
咳——因為預算不夠。
中間多少有些回扣嘛！

母魨號
耐壓玻璃駕駛艙
指揮塔
潛望鏡
動力筏
尾舵
魚叉炸彈發射口
浮力艙
最高時速???海哩
最深潛航???呎
平衡舵
這是母魨號精美的結構圖。
為何時速是問號？能潛多深也是問號？
這可能是軍事機密吧！
那是因為此艇尚未測試的原因。
啥？我們是實驗品？
這是遇難時的救生衣！
內褲型的？能救誰呀？
寫遺書用的紙！
這不必了！
還有緊急時使用的「半自動呼吸袋」！

現在舉行下水典禮！
為你請來了全身光溜溜的歌舞團……
喔！刺激嗎？
啦
喔
嗯
噢
讚吧！
起錨！

PALARN
啊！翻身啦！
TURN
哈哈哈！帥吧！最方便的上船方法！
像是葬身魚腹。
全體集合！
!
笑掉大牙！這些就能去打海盜嗎？

魚丸嫂。
是去打海盜不是去郊遊！
嗯！還是峨嵋弟子乾淨俐落。
我們的行李就拜託你搬上船！
哞！
大肉丸！
妳帶了什麼武器？
電飯鍋！
是去救妳二妹，不是去野餐的……
不行！
沒飯吃怎麼有力氣打架？

臭魚島特攻隊全員報到！登船！
五香丸
魚丸嫂
小師弟
秋刀丸
大師兄
大頭胖師父
花枝丸
大肉丸
小魚丸
有
珍珠丸
長眉大師父
哈哈哈
奶娃兒憑什麼也去打海盜呀？
破蛋粉拳!!
噹
快去打海盜吧！

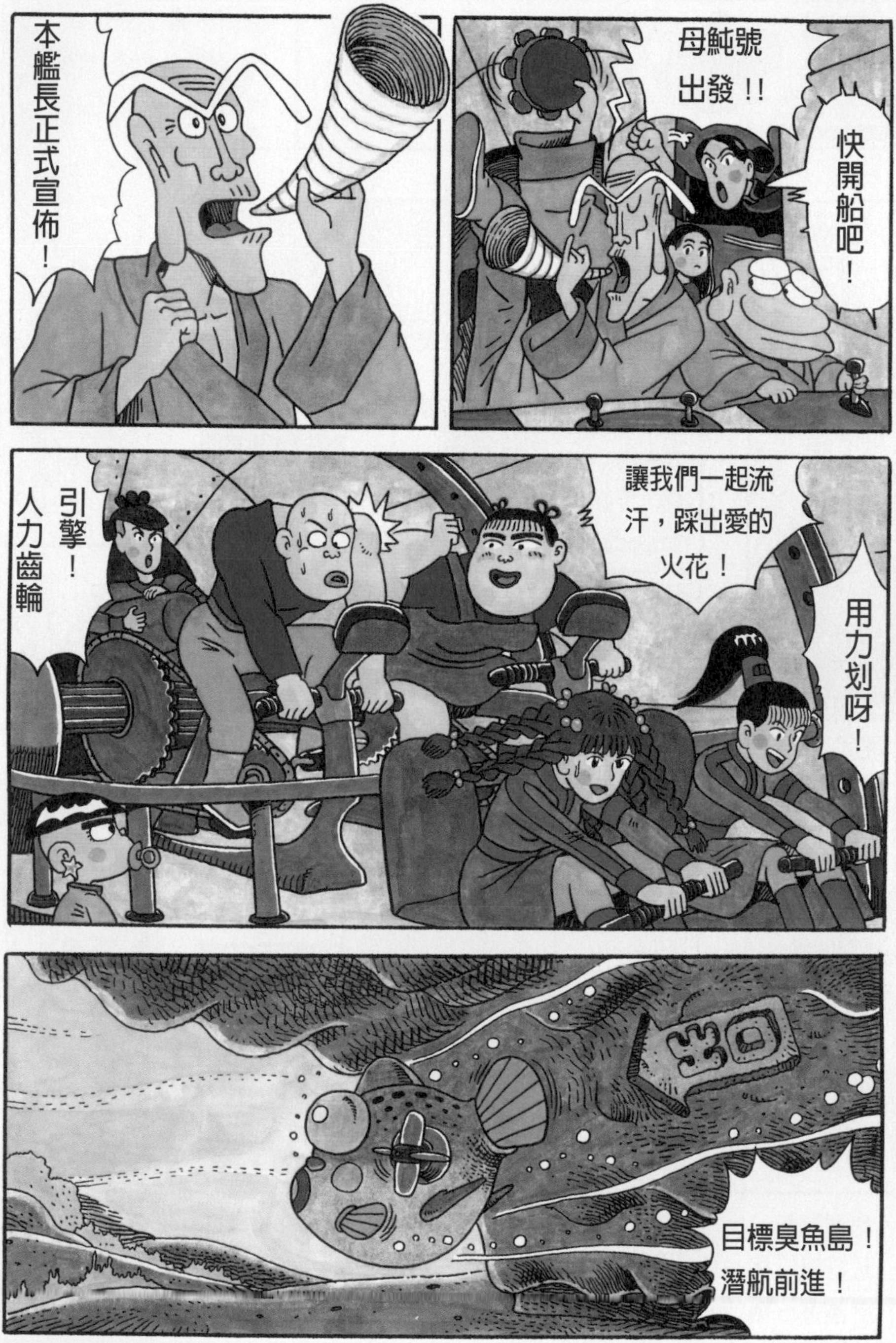
本艦長正式宣佈！
母鈍號出發!!
快開船吧！
人力齒輪引擎！
讓我們一起流汗，踩出愛的火花！
用力划呀！
目標臭魚島！潛航前進！

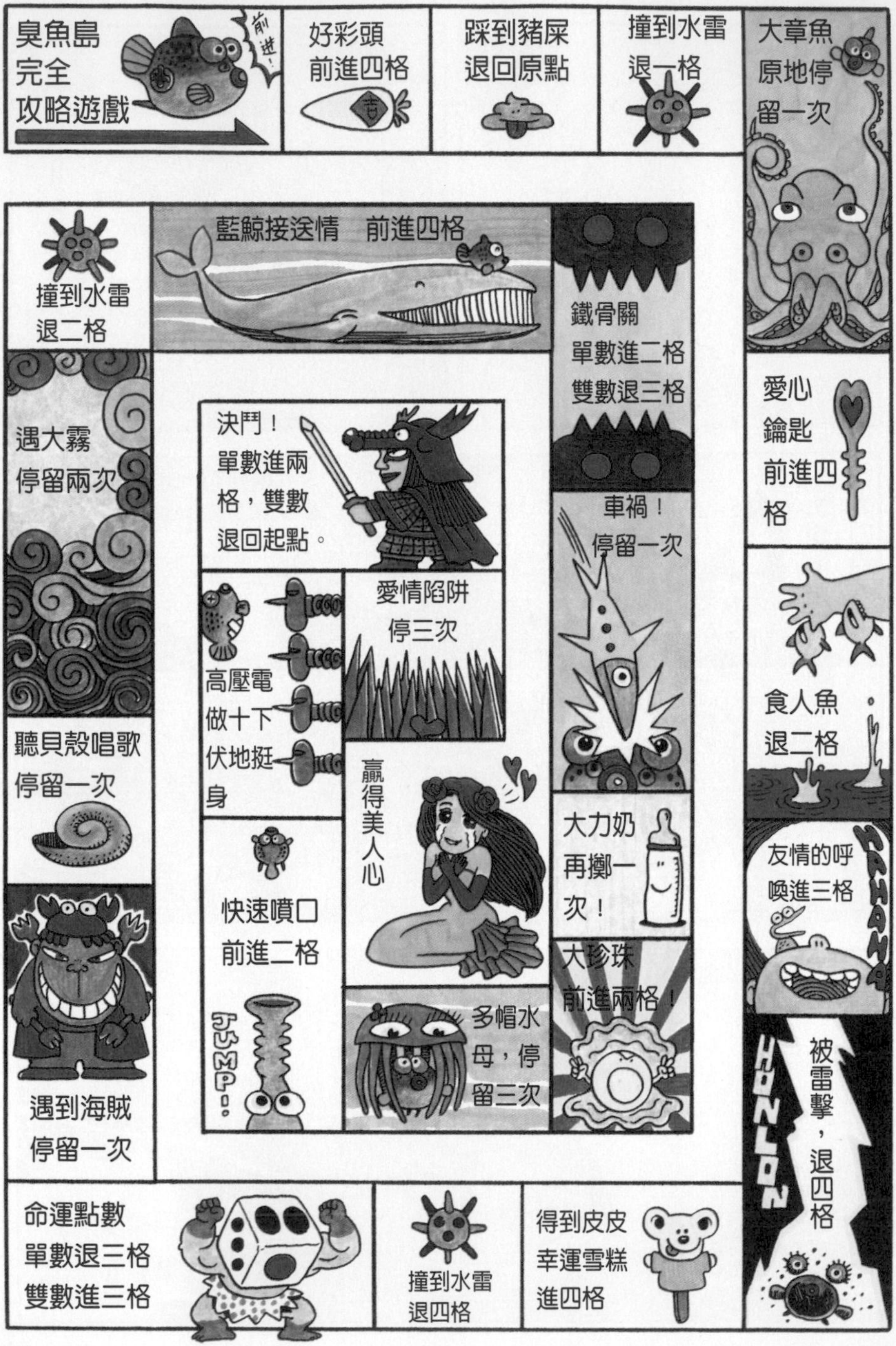
臭魚島
完全
攻略遊戲
前進！
好彩頭
前進四格
踩到豬屎
退回原點
撞到水雷
退一格
大章魚
原地停
留一次
愛心
鑰匙
前進四
格
食人魚
退二格
友情的呼
喚進三格
HAHAHA
被雷擊，退四格
得到皮皮
幸運雪糕
進四格
撞到水雷
退四格
命運點數
單數退三格
雙數進三格
遇到海賊
停留一次
聽貝殼唱歌
停留一次
遇大霧
停留兩次
撞到水雷
退二格
藍鯨接送情　前進四格
鐵骨關
單數進二格
雙數退三格
車禍！
停留一次
大力奶
再擲一
次！
大珍珠
前進兩格！
多帽水
母，停
留三次
JUMP!!
快速噴口
前進二格
贏得美人心
高壓電
做十下
伏地挺
身
愛情陷阱
停三次
決鬥！
單數進兩
格，雙數
退回起點。

臭魚島上張燈結彩。海賊們正興高采烈的為臭魚王準備婚禮！
可以拜堂成親了嗎？
雙冬丸她說：
（模仿女聲）
「我死也不嫁給愛吃臭魚的臭男生！」
什麼？吃臭魚有罪嗎？
大王明鑑！我只是忠實的轉述嘛！
乾脆來個臭魚硬上弓！
大王且按下猴急！容我進些忠言。

你望這裡瞧！
你望這邊看！
聽咱龜師爺說門道！
女人心如水，想沸先點火。
珠寶成堆送，鐵女也心動！
你要像條狗，蜜語纏著走。
男兒若有志，天下無難事！
這本是我嘔心瀝血之作！
泡妞大全
龜爺著
那你為何到現在還沒討老婆？
唉……想當年只怪我太英俊，不知道該選哪一個才好，所以……
咦？
大王呢？
我還沒說完哪！！

雙冬丸
我來啦！
妳是我冬天的火鍋
夏日的冰棍
吃飯的筷子
泡麵的開水
去你的開水！自己拿去泡吧！
POW!
泡妞大全
小姐小姐別生氣妳吃香蕉我吃皮！
厚臉皮
潑皮
狗皮
喲呵！小嘴兒嘟的都能吊茶壺了！
心肝！這條青島烤魷魚請妳吃！很有嚼勁……
烤的東西上火，對皮膚不好！會長痘痘！
這裡還有好多進口糖果、巧克力、薯片、夾心餅乾、蜜餞、泡泡糖……
你當我是國中女生……

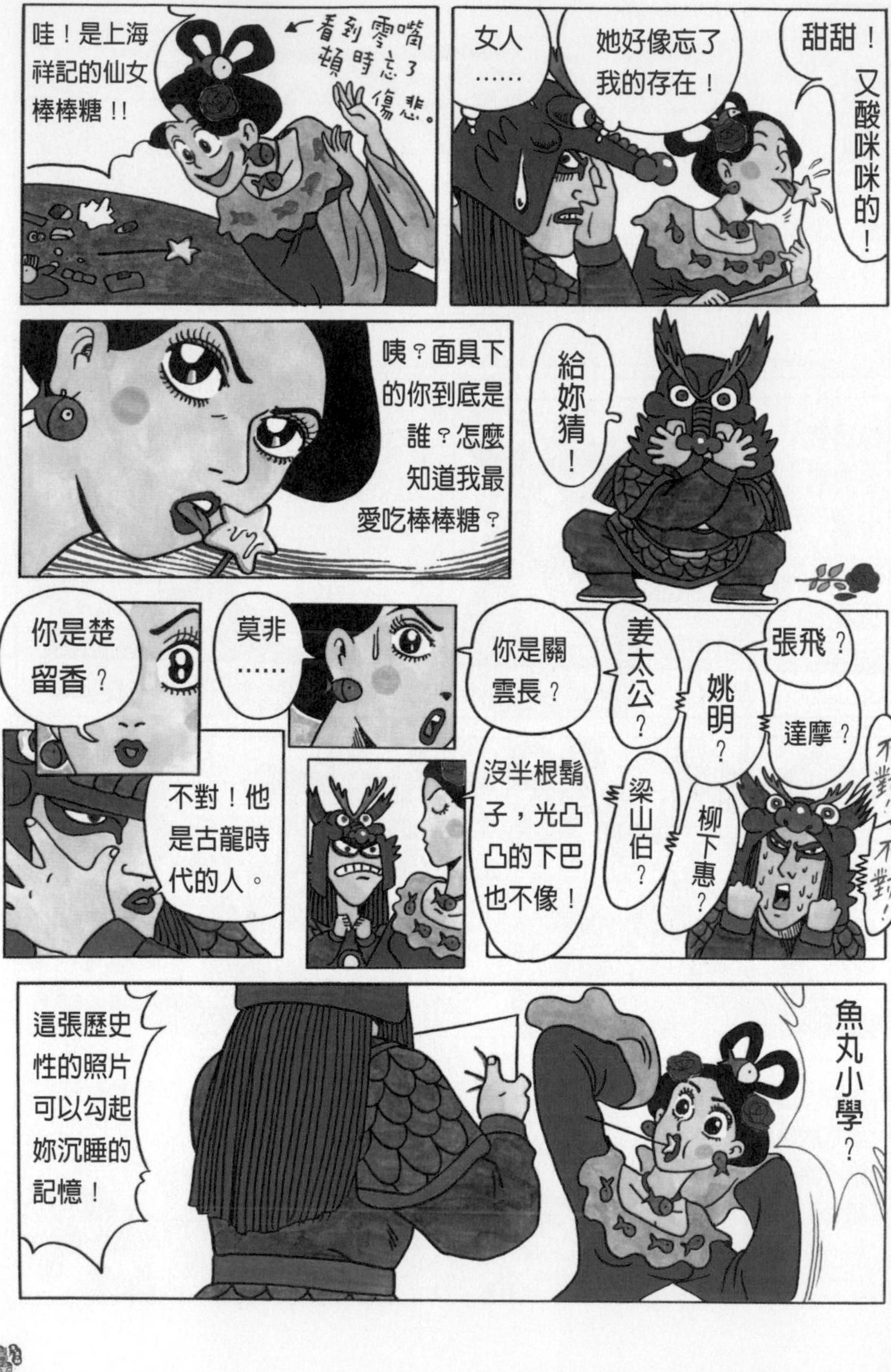

哇！是上海祥記的仙女棒棒糖!!
看到零嘴頓時忘了傷悲。
女人……
她好像忘了我的存在！
甜甜！
又酸咪咪的！
咦？面具下的你到底是誰？怎麼知道我最愛吃棒棒糖？
給妳猜！
你是楚留香？
莫非……
你是關雲長？
姜太公？
張飛？
姚明？
達摩？
不對！他是古龍時代的人。
沒半根鬍子，光凸凸的下巴也不像！
梁山伯？
柳下惠？
不對！
不對！
這張歷史性的照片可以勾起妳沉睡的記憶！
魚丸小學？

我與妳同班，每天下課都跟著妳的倩影……
魚丸村國民小學
土豆丸？
謝謝你的土豆花？
你真的是土豆丸？
終於想起我了！
你依然癡情。
接受我火山熾烈的愛吧！
啊！不小心……
噢！流血了！你好粗魯！頭那麼硬！
對不起！下次不會了！
喜
喜
突然開了門……
喜
喜

龜師爺！
完了！完了！偷聽大王的閨房秘密！
我一定會被罰！五千瓦電鰻極刑！
大王鴻福！大王神勇！征得美人心，全天下歌頌……
雙冬丸最愛吃的上海祥記仙女棒棒糖去買個三箱！
噢！知道！知道！
?
大王放心！我一定保守秘密的！
剛才聽到一個秘密，哇！超秘密的！
秘密？天底下只有不是秘密的秘密，秘密的開始就已經注定了它再也不是秘密的秘密了。
這個秘密是我秘密的從一個秘密的人聽到的……
我告訴你，你可不能告訴別人喔！
什麼秘密嗎？臭魚島都成了八卦島了！
又羨慕又嫉妒……

差不多快到
臭魚島了！
浮上去觀
察狀況。
釋出浮力袋。
順利上
升中……

POLAA
瞭望台！報告目視狀況！
潛望鏡已掃瞄到水面位置！
哇恐龍!!!
原來是水鴨眼。
看到陸地了！
調整高度！
看到了！
是臭魚島。

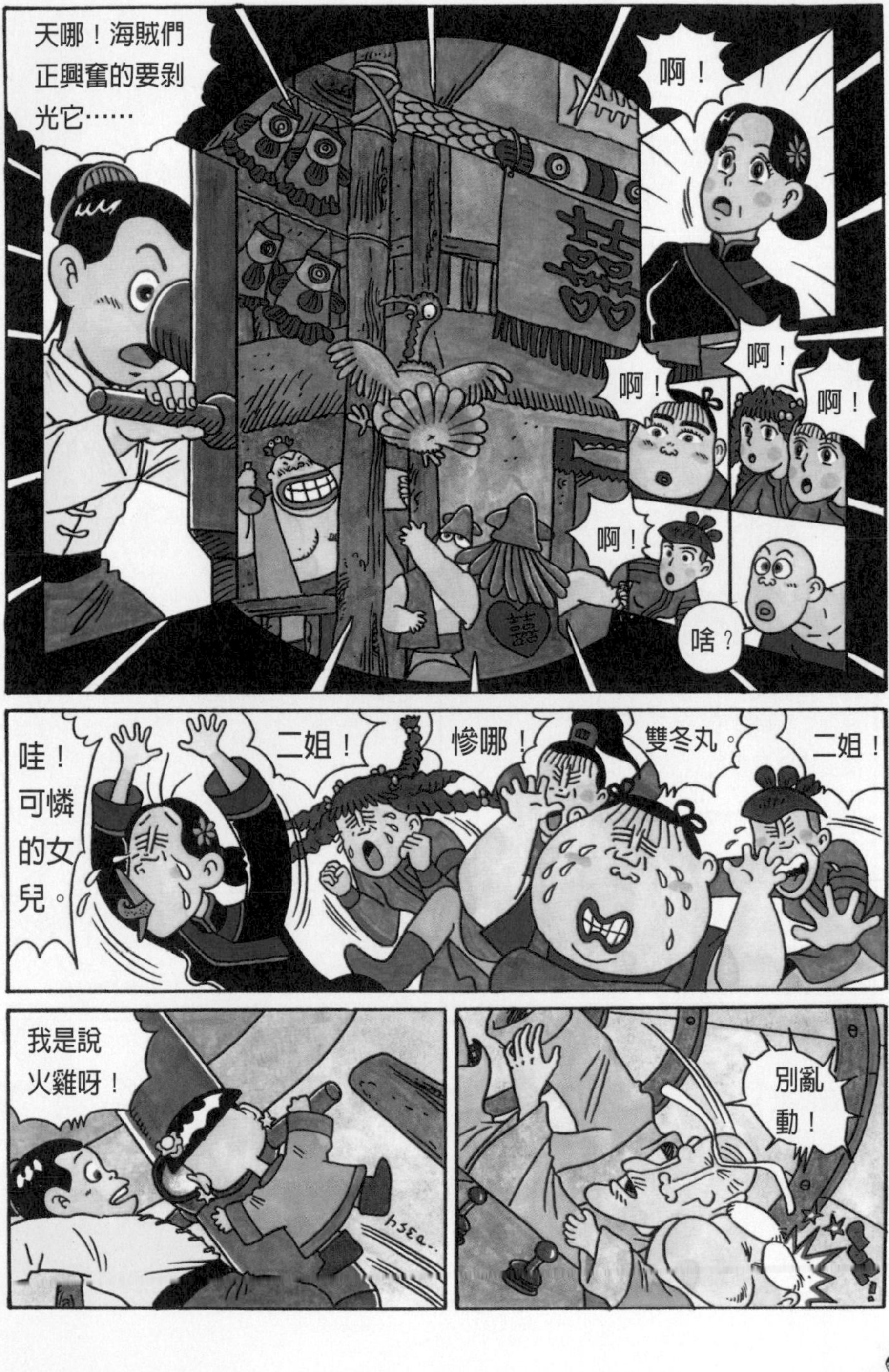
天哪！海賊們正興奮的要剝光它……
啊！
啊！
啊！
啊！
啊！
啥？
哇！可憐的女兒。
二姐！
慘哪！
雙冬丸。
二姐！
我是說火雞呀！
別亂動！

大肉丸又是妳！
哎喲！我的腰！
不要擠！喂……
跳！
不是美女的請不要跳起來！
跳！
既然生米已成熟飯，我們乾脆上去吃喜酒吧！
像你這麼沒用的男人，做成肥料都嫌沒營養！
縮頭老烏龜！
白吃了70年的中國大米！
別吵！本艦在此觀察稍後行動！
你行。

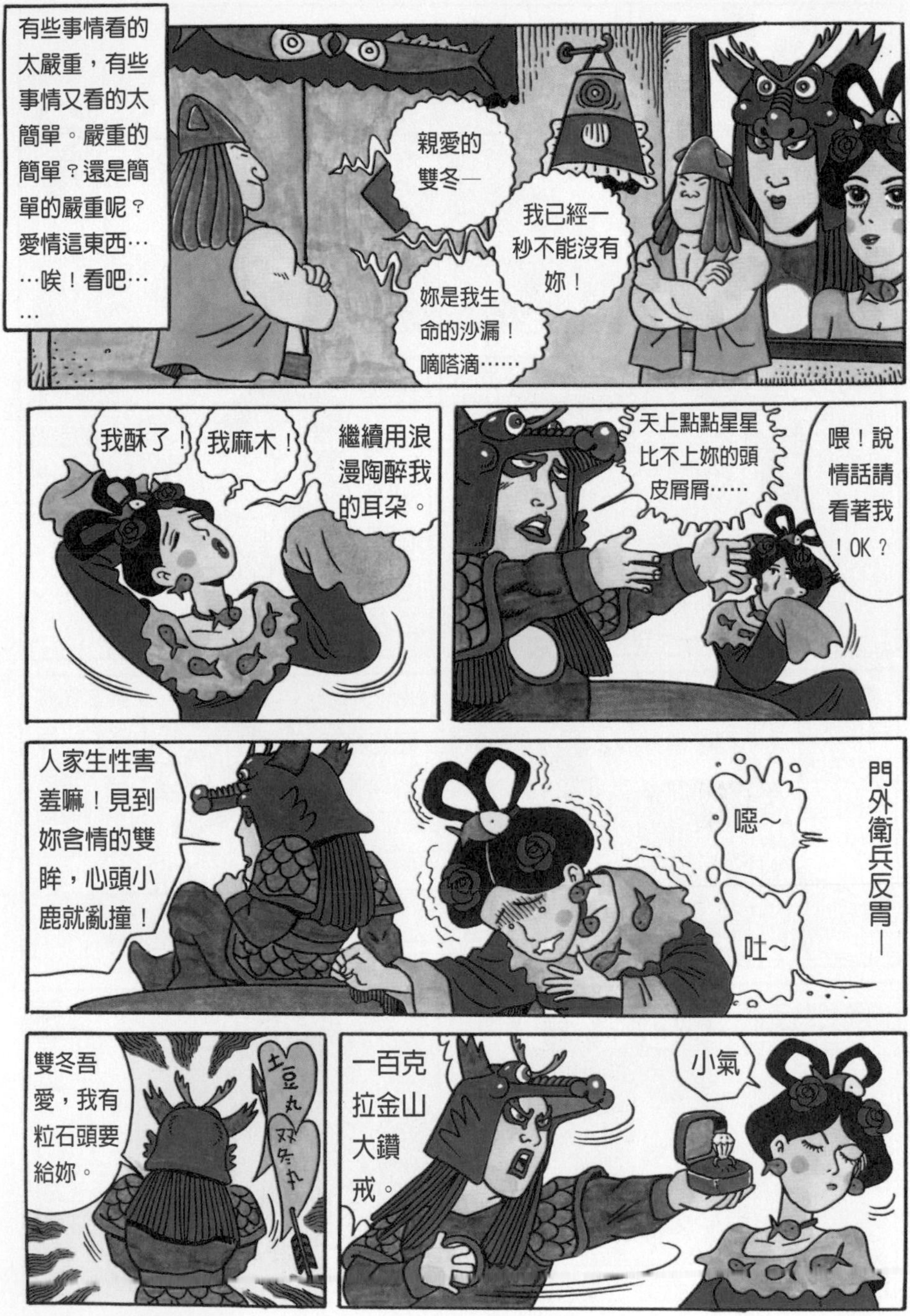
有些事情看的太嚴重，有些事情又看的太簡單。嚴重的簡單？還是簡單的嚴重呢？愛情這東西……唉！看吧……
親愛的雙冬—
我已經一秒不能沒有妳！
妳是我生命的沙漏！嘀嗒滴……
我酥了！
我麻木！
繼續用浪漫陶醉我的耳朵。
天上點點星星比不上妳的頭皮屑屑……
喂！說情話請看著我！OK？
人家生性害羞嘛！見到妳含情的雙眸，心頭小鹿就亂撞！
嗯~
吐~
門外衛兵反胃—
雙冬吾愛，我有粒石頭要給妳。
土豆丸
双冬丸
一百克拉金山大鑽戒。
小氣

胃口真大！
南非之寶五百克拉巨鑽！
矜持的驕傲迷惑在珠光裡……
我不要我不……我……
我……就勉強收下吧。
勉強？偉大的工農人民一輩子也買不起！
雙冬寶貝！妳的明天是我一世的追求！
這些全都是為妳準備的。
義大利高跟鞋、巴黎的香水、紐約的內衣、西班牙的皮靴、俄羅斯的貂皮大衣、荷蘭的口紅……
收藏那麼多女人用品，你是有怪癖戀嗎？
穿上此雙義大利名鞋與我踏上紅地毯吧！
大王！哨兵偵測到一艘日本船！

管他什麼日本船還是月本船!!
TMD!今天是我的大喜日!
是!
喔!好威風!
顯露出海賊王的氣勢!
哼!小意思!我打劫的時候更獸性!
獸性?你是大野狼,我是小綿羊。
嫁給你一定天天被虐待被奴役……
我是那樣的男人嗎?
我隨便說說而已,諒你也不敢!
我才會被妳虐待吧!
掃把星
如果我嫁你,先說好我不洗衣不洗碗也不會幫你洗澡澡噢……
我豈不白投資!

無所謂啦！
保護妳嬌嫩的玉手
也是為夫的責任！
用妳為我撫琴吧！
當我打劫回來時在岸上彈一曲「望君早歸」。
不要！不要！彈琴會傷指甲的！
我連妳的指甲都不如！
那你不要去打劫，我也就不用彈琴啦！
好！不打劫！不打劫了！
先去渡蜜月吧！

大王請留步！
臭魚島鐵律：領導不可見色輕兄弟！
不打劫還能稱為海賊嗎？
弱女子遇上壓力時，其反彈的力量——
閉上賊嘴！
說什麼見色輕兄弟？海賊不也是媽媽懷胎十月生的嗎？難道你們是鯊魚養大的嗎？
抓狂了！

瞧你這身贅肉！嚇嚇老百姓可以，真遇上老虎你能挺得住嗎？
虛有其表、裝腔作勢的小海賊！跟我講規矩？
擦亮眼等著
現場
更衣！
燃起
熊熊
海賊
烈火！
兄弟們！揚帆出海！！
喂！你們忘記我才是老大啦？

媽！賜與我力量與勇氣吧！
好耶！這麼多西瓜都帶上船吃？
!
這是砲彈，不是西瓜！

炸彈當成西瓜！
妳還有什麼本事？
原則上呢！遇到壞蛋我專切他重要的部位——卡嚓！
風蕭蕭兮，那話兒分，
卡擦一聲去不復返兮
——嗚呼呀！
雙
冬
丸
我搶妳來是當老婆的！
不是要妳耍猴戲的！
哎喲！土豆仔！別那麼認真嘛！
我只是想體驗一下你浪漫的海賊生活嘛！
很好！很好！
繼續吧！
我命令你立刻上崗！
再不去就打屁股！

各就各位！出發！
大王別太低潮！
她強悍也是大王的福氣呀！
怎麼說？
以後女主外男主內，這是新好男人當代主義嘛！
都是你的餿主意——我覺得很厭煩了！
我再教你「禦妻術」吧！很實用的！
冤！
雲在動，氣在流，誰也拿不準何時會變天。
看到碼頭浮橋了！
慢慢靠近！

潛望鏡觀察到什麼動靜？
好大的雞爪！
快閃！
咦？撞上什麼大魚了嗎？
PON

SLAMP
KOOOO OOON!
KOOON OOOON!
KOOON OOOON!
人生的火花，不期而遇碰撞在一塊兒，只是偶然、偶然呀！
不好意思！
討厭死了！時間那麼短！
不好意思！
人家不是故意的嘛！

老媽！妳們在搞什麼東東？
小孩子別問那麼多！給你錢去買糖！
胖伯伯！他們在搞什麼東東？
天真的臉龐，稚嫩的語言，天底下有許多事情是不能放在陽光下的，就像蟑螂不能很大方的蹺著二郎腿上桌子一樣。
孩子，不知道即是天堂呀！
胖伯伯肚子這麼大，一定有許多東東在裡面！
藏有很多的秘密吧？
這……
別亂說話！
給你錢去買糖！
小孩子別問那麼多！
吾日三省吾身
皆是我錯了我錯我錯也
靜下來！別想太多了……
六姐，他們在搞什麼東東？

檢查一下船身有沒有破損！
好！
不得了啦！
你看看！流了那麼多汗呀！
擦擦！
大徒弟真是艷福不淺哪！
不淺哪！
咦？
哎呀呀！
哎呀呀！
一道噴泉湧進來啦！
不是噴泉！
是船身漏水啦！

快查一下緊急手冊……
上面寫什麼？
緊急手冊
看著辦！
看著辦
快拿個東西把洞口堵住！
不可以！不可以！
魚丸店
為了偉大使命！
必須犧牲小我了！
BO
母魨號準備浮出海面！
把我的姆指當奶嘴啦。

大王！雙冬夫人有點搖擺！
搖來搖去，搖到外婆橋！
我暈～
噓，小聲點，別讓兄弟知道妳暈船！
有點噁心……
真差！一點小浪就掛了！
雙冬夫人是不是懷孕啦？
嘔
大王實在厲害！
才一天就懷孕啦。
比耗子還會生！
破金氏記錄。
閉嘴！不要那麼八卦！
嘔！
當心別動了胎氣！

船在海上。人在船裡。心在莫測的遠方浮動著…
富士山的雪峰如此寧靜，但山下的人心卻狂野的神經！
嘿嘿嘿嘿嘿……
前面就是中國海防要塞魚丸村。
日軍情報官·佐佐木大尉
鬆懈的軍備不堪一擊！

中國如同一片散沙，占領易如反掌……
當心，李小龍！
日本第一
你說什麼？
管他什麼龍！日本帝國才是天下第一！
僅遵教悔！
快把攻略情報傳送回去！
嗨！
嘿嘿嘿……趁著這條巨龍還在沉睡，不要給他醒的機會！
呼
呼
呼
中國

萬一他醒來怎麼辦？帝國有幫我買保險嗎？
！
八個鴨魯！
武士道只有光榮的犧牲，沒有苟污的廢物！要帝國給你買什麼保險？
日本第一
大尉！一艘中國船向我方逼近。
！
啊！是一艘武裝船。

註：「八個鴨魯」日語：笨蛋。

外觀看來是一艘海盜船……
喔！還有一位女海賊！
膚白如雪，唇紅似火。
臉型若似天鵝蛋！
冰肌玉骨，吹彈可破……
如同帝國的櫻花一般燦爛
日本第一
少說廢話，立刻迎戰！
嗨！長官！
準備易容術偽裝欺敵！
鋼彈戰士出動！
八個鴨魯！演卡通嗎？
Kick
STAMP
瞧我拿手的柔性戰略！
你的腳毛還沒刮乾淨！

攔住日本船！
雙冬丸振作點！要開戰啦！
臭男生！人家不舒服還要做東做西……
嘔～
憐香惜玉吧！
見到船底了！
咦？有兩艘船！

他們不會把雙冬丸賣給人口販子吧！
我的女兒」
啊！！
激動！
冷靜！別嚷嚷！
剎車！

呀
噢咹噢咹噢!!
咔!
哇
哇
哇！大王
英勇身先士卒！

好粗的蘿蔔腿！
午安，先生。
嚇!!!
哇！！恐怖的白臉女妖精
大白天跑出來曬皮嗎？
人家是膚若雪。
粉擦的像牆壁。
小女子天生麗質難自棄，沉魚落雁是也。
唉！天下女人一般。
還敢笑？
沒見過壞人嗎？
欠砍嗎？
海賊王

海賊？
嚇的發抖吧！
海賊王
是和烏賊一樣的東西嗎？
蠢蛋！把我們當成海鮮了嗎？
哇
海賊王
白臉婆妳先別激動！
我不欺負妳！
哎呀！原來你是壞人！
這繩子是吊給傻瓜用的！
耍我？
兄弟們，給我用力的抄！

搜搜看有沒有日本特產！
帶些東洋貨回去讓雙冬丸樂一樂！
雙冬丸！
大王！只搜到醃蘿蔔！
啊！
還有鹹魚半尾！
啊！
軟掉的海苔！
啊
我砍！我砍砍砍！一定是把珠寶藏起來了！
一次砍三個蘿蔔波……
我們是窮苦人家呀！
苦海女神龍
不用點暴力是不會招實話的！
好戲要上場了。

快說！
否則！我就把這白臉老女人剁了餵魚！
白臉老女人？我的化粧術這麼差勁嗎？
能買化粧品還會窮？
這是我撿龜殼磨成的龜粉……
我們太窮了。平常三個人吃一包泡麵。
加菜。
蟑螂泡麵
泡麵
扶桑子民如此刻苦……
不禁想起故鄉的老媽勤儉渡日。
不孝子，平常不會想嗎？///
兄弟們，把身上的東西送給他們吃。

阿里阿多！
阿里阿多！
阿里阿多！
為了美好的交流，我們也回贈一些禮物。
嘿嘿嘿…
哼！這麼久還沒搶完嗎？
雙冬丸到底是在哪艘船上呢？

註：「阿里阿多」日語：謝謝。

罈子裡裝的是啥東西？
請各位海賊大人笑納！
這是我國男性追求幸福人生的元氣飲品。
火山大補酒!!
富士山，聳入雲，櫻花，櫻花枝頭綻放。
山頭白雪永不老，姑娘嬌滴盼君歸。
富士山，聳入雲，櫻花，櫻花枝頭綻放。山頭白雪永不老，姑娘嬌滴盼君歸。
頗有詩意的廣告歌。

我要喝！
火山大補酒！
POLODON
站住!!
這麼容易就聽信廣告，當心中計喝到假藥！
龜師爺！你常賣假藥，分析一下狀況吧！
壯陽補品多屬自然之物，功效成不成還是自在人心。
男人的事……反正是天下烏鴉一般黑。不對！男人連烏鴉都不如，公烏鴉從不需要補陽飲品。

你們說很窮，怎麼會有這些東西？
大王！
這是秘密！
我家男人每次都是靠喝這個才能……
即使是垂死小蟲也能立刻變成一條活龍！
大王！這正適合你的需求呀！
請用。
壯男！
嘿嘿嘿嘿……
呼

呀呼！
火山爆發啦！
呀呼！
多喝點！
敬請享用。
火山的烈焰即將熊熊燃起！
心跳的好快……
全身火辣辣！

怎麼會……視覺扭曲了！
彷彿有幾萬隻的蟲蟻在腦中狂咬！哇！這異國風味的補酒可真嗆！—
嚇！初中老師！
你怎麼會出現在這裡？你不是被調到蒙古去了嗎？
打你小報告的人不只我一個！
誰叫你常常罰我掃廁所！
數學考不好又怎樣？你也不能當衆糗我是白癡……
唔！
頭好脹！
充滿幻覺……
是你！騷狐狸！天涯海角化成灰都忘不了的痛!!

想當年我才華洋溢，前途無量，但是偏偏死心的愛上了妳！
散盡家財只為紅顏一笑，妳卻狠心，捲款而逃！
害我落魄跟了海賊頭！
你竟敢巴我！
欠打！！
KON!
嘿嘿嘿……藥效上頭了！

!
哥哥!!
二位哥哥我終於找到你們啦！
你認錯對象了！我們是從日本來的！
不是！
不是！
還想騙我？從小就把難吃的塞給我吃！
害我長的那麼胖，找不到女朋友！
媽
您
偏
心

全部
撂倒了。
麻藥當大
補酒，不死
也半條命。
快用繩子把
他們捆起
來！
嘿嘿！
我要去會一
下外頭的
女海賊。

笨賊！
搞那麼久，麻將都可以打八圈了！
喂！搶完沒有呀？
有人出來了！
咦！怎麼是個白臉老太婆？

歐嗨喲（日文：早安）
什麼？你還有？
妳一定是被他們嚇壞了吧！
偷偷告訴妳，不要那麼驚！
他們都是一群飯桶只會嚇嚇人。
我們都是女人嘛！我和大王很熟的……
妳放心好了，我會幫妳求情。

哼哼哼……
這樣？怎麼會
嘿嘿嘿……
嘿嘿嘿嘿嘿……

水上的狀況很急……水下也發生了很急的狀況……
船上沒廁所，上去再便便！
忍著點！小魚丸最乖！
！
坦白從寬！我便便了。
啥？
便便了？
是個特大號！
快浮出水面!!!
臭死啦！
空氣!!空氣!!

SLAMP
撞到暗礁了嗎？

有東西浮
出來了！
POLO
POLO
POLO

PON!
喔！
大大隻
的河魨！

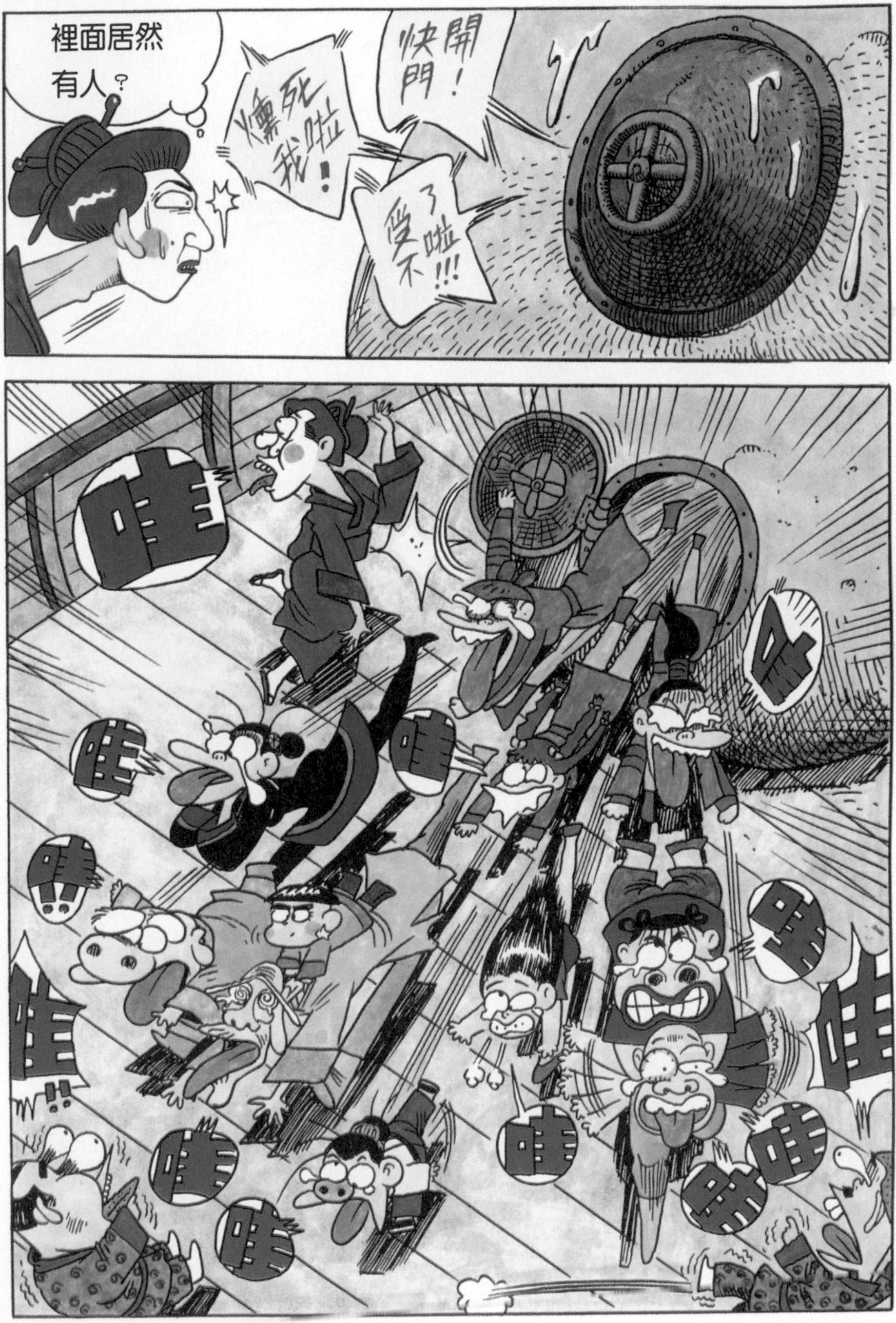
裡面居然有人？
快開門！
燻死我啦！
受不了啦!!!
哇
哇
哇
哇
哇!!
哇
哇
哇
哇
哇

差一點就
陣亡了！
臭嗎？
不臭！不
臭！不要再
靠近我啦！
WEI
喂

喂！
？
麵粉打翻在臉上啦！
你是誰呀？
我……
問我是誰？？應該是我先問你們是誰！
報上咱們的名號！
請容在下代為介紹了。
大師父，胖師父，魚丸嫂。
大肉丸
秋刀丸
花枝丸
五香丸、珍珠丸，最小的叫小魚丸。
小男生是我的師弟。
怎麼那麼多丸子？

我們是來找另一位雙冬丸。
你有沒有見過一位標緻的大美女。
烏黑亮麗的長髮上插著兩朵花。
嗯哼！
膚若雪唇如火
臉型似天鵝蛋
冰肌玉骨，吹彈可破……
就是說起話來氣質有待提升。

嗨！
我在這兒哪！
噢哇
哎呀！全家都來啦！
那麼熱鬧，人家怪不好意思！
海賊沒有欺負妳吧！
我們好擔心妳！
特別蹺課來幫妳。
二姐好神氣！
害我中飯也沒吃！
那群海賊呢？沒見半個人影。
他們全在裡頭，而且……
啊

破你的西瓜！！
搶我的女兒？
踩扁你！
狼心！狗肺！豬肝！

我覺得那三個日本人鬼鬼祟祟的。
喔！
出去注意一下，免得節外生枝。
是推進器嗎？
真是匠心獨具的設計！
沒想到中國海軍的建艇造船技術默默地在革新之中……

帝國造的潛艇老是沉不下去……
即使沉下去了又浮不起來……
仔細觀察內部的結構。
一定有突破性的機密。
咦？特殊異味！是潛航用的高壓氧吧！
DOWANNN
那是我便便的味道！
香不香？
白臉婆喜歡我的香味。
鬼

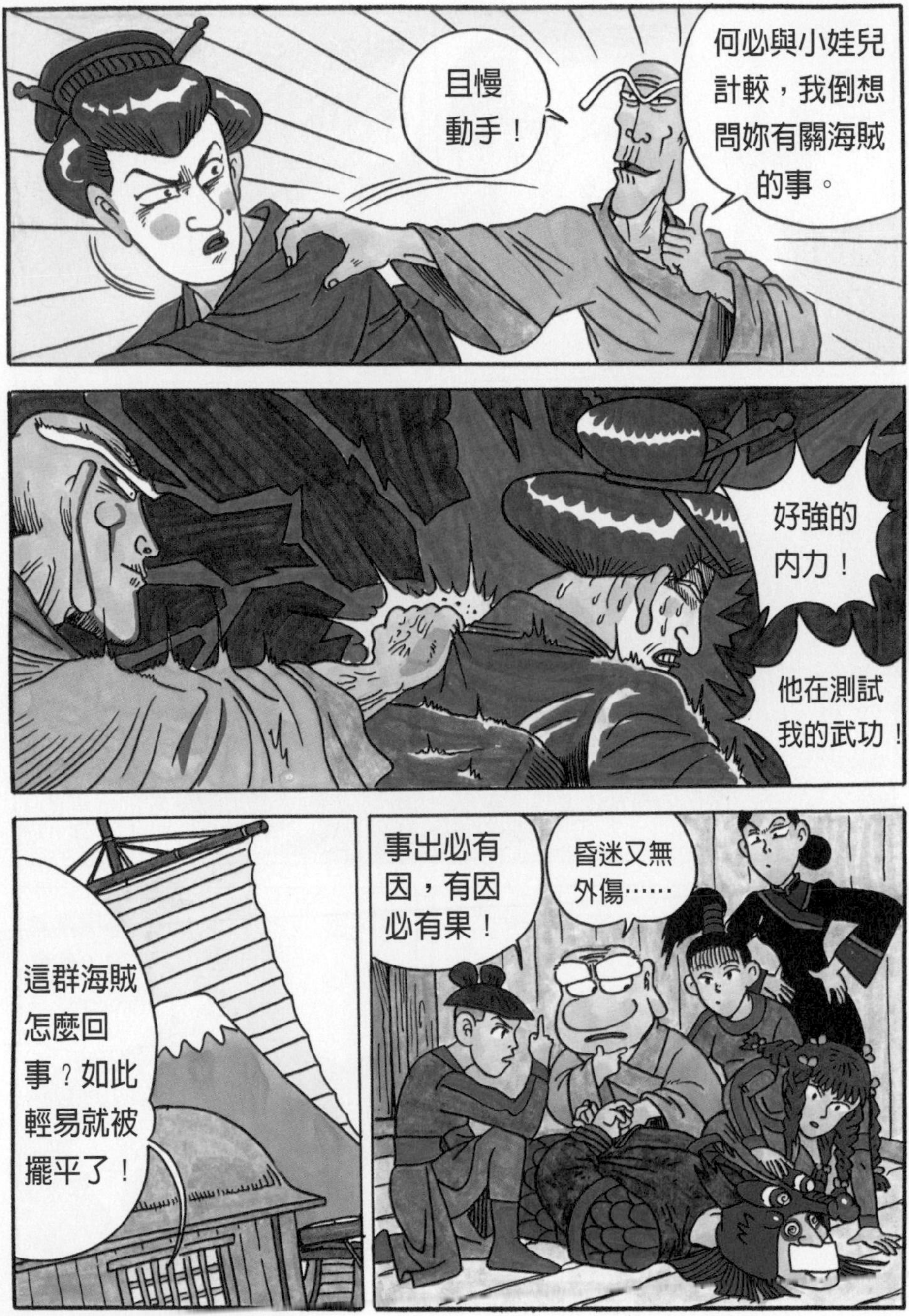
何必與小娃兒計較，我倒想問妳有關海賊的事。
且慢動手！
好強的內力！
他在測試我的武功！
這群海賊怎麼回事？如此輕易就被擺平了！
事出必有因，有因必有果！
昏迷又無外傷……

有結論了嗎？
試試才知道。
用銀針來一探真相！
哎喲！有點反應了耶！
演這種戲還真受罪！
銀針變成黑色！
果然有毒！
海賊果然是心黑！
連血都是黑色的！
難怪媽媽常說男人都是黑心肝！

當心點！搞不好他有AIDS！
大師父為何摸著人家不放？
會不會是一種國際禮節？
筋奇脈異！這日本婆實在詭異！
快撐不住了！
不能露出真相，現場不太好對付！

白臉婆婆的汗都是白色的，好像牛奶喔！
喝了會中毒的！
大肉丸在學長眉師父！
別亂吃我豆腐！
海賊是被毒的！
下了毒手！
看來這群笨賊恐怕是陰溝裡翻船了！

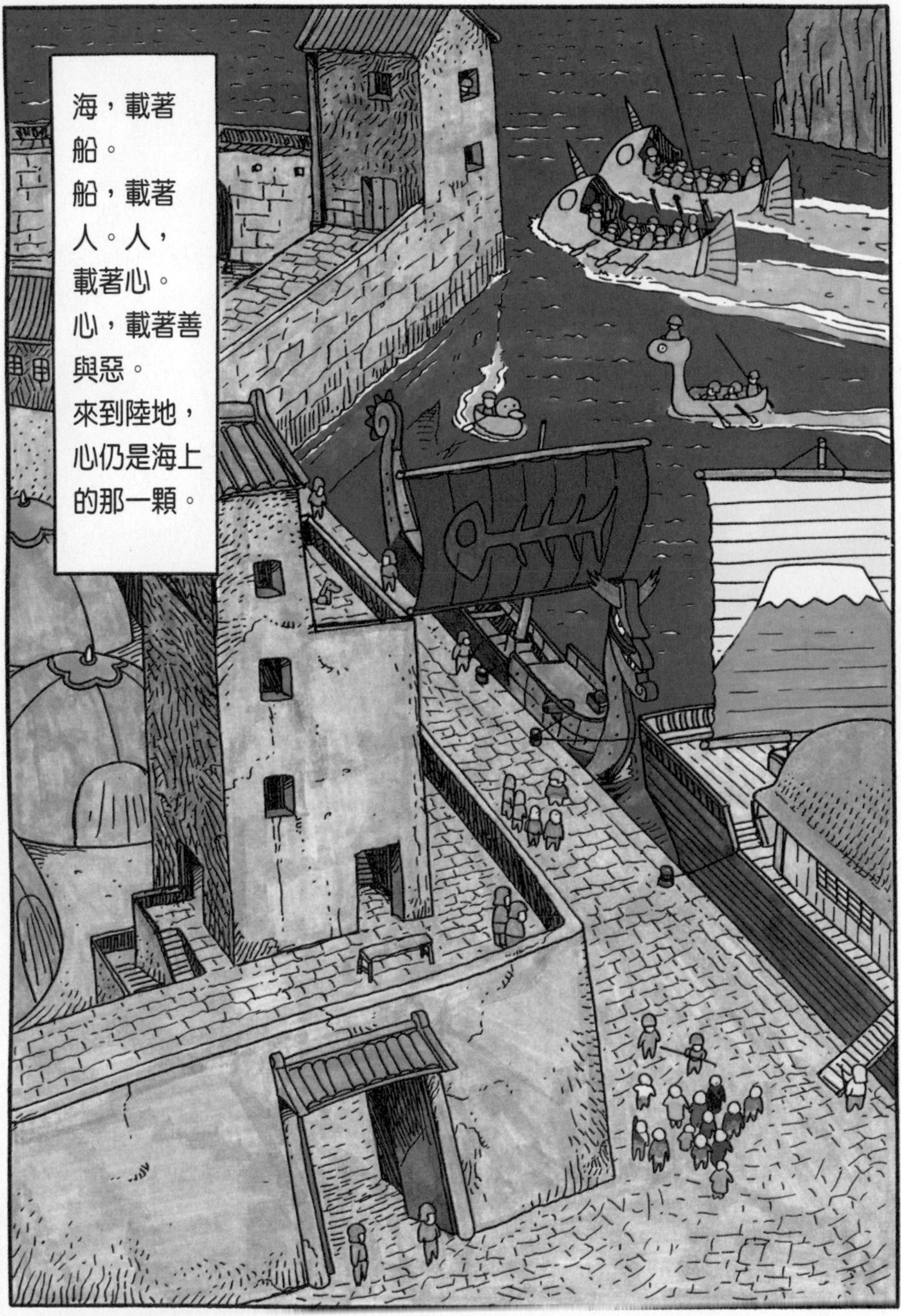
海，載著船。船，載著人。人，載著心。心，載著善與惡。來到陸地，心仍是海上的那一顆。

終於落網了！
臭魚號

24小時加派衛兵防守！
全面戒備！

阮司令官！聽說臭魚島海賊落網？
是你親自擒獲的嗎？
是否有外力介入？他們又是誰呢？
來！來！來！我報妳們一個獨家秘聞！
敏銳的新聞鼻蜂湧而上！
剛才尿尿不小心滴漏了兩ＣＣ在鞋子上！
哇！

嘿嘿嘿嘿……
哇哇哇哈哈哈哈哈哈哈
這次擒賊計劃成功！加官進爵指日可待！
聖上龍顏大悅，肯定有個大大的御賜！
爽

此次功績
卓偉呀！
你們功勞
最大呀！
一定要好
好犒賞妳！
阮司令不先
開堂問審海
賊嗎？
那些臭魚有
啥好審？
明日午時
通通斬頭！

萬萬使不得！
未審先判有失公正！
本司令官說出來的話就是判決！
海賊雖然有罪，但也不至於就地處決！
你也太膨脹了吧！
咬文嚼字！！
我看你們是嫉妒東洋人搶了首功吧！
我想問你們：這次是誰捉到海賊的？
他們用了誘毒的手段。
我只問是誰捉到海賊？
是他們。

所以我說
你們
真
丟臉
哼!
回去吧!
哼
哼!
快出去!!
哼哼!什麼

白臉婆。
爛東西？
我呸！
汪！
用毒使詐算什麼好漢！
要燒要燉隨便你啦！
嗚！嗚！嗚！
臭魚島的男兒有淚不輕彈！
可是……我一想到還沒討老婆就覺得心酸酸……
對呀！你是個可憐蟲呀！
我沒老婆你哭什麼？

呸！哭的像個大閨女！
知道末日快到了吧！
抬進來！
什麼怪東西？
這叫「啃的機」。
切頭如切瓜！

你們誰先領死？
他

我先走一步沒啥好留戀！
只是可惜了臭魚寶庫裡的金磚！
金磚！
臭魚寶庫？怎沒聽說過？
而且寶庫地點只有我一個人知道！

反正你都要死了，好歹就告訴我吧！
這個秘密只能私下告訴你一個人！
你們通通先出去！
臭魚寶庫的秘密只有我能知道！
這下子不再是秘密了。
我考慮一下。
你找個適當的時間再來吧！
哼！反正你也跑不了。
收工！
改日再審！

七鮮魚丸店
小魚丸
珍珠丸
玉青丸
花枝丸
秋刀丸
双冬丸
大肉丸
大家辛苦了！
請吃我特製的魚丸湯。
謝謝了！我吃素。
沒關係的啦！這種魚也是吃海草長大的。
好吧！我煮豆腐湯請你吧！
我仍然覺得海賊事件不是那麼簡單……

我想派兩個徒弟暗中查訪……
好吃的魚丸。
站住！想溜去哪裡呀？
我也要去當偵探！
七鮮魚丸湯
回來！
好不容易風平浪靜，又想搞啥節目？
別再把我們母女牽扯進去了。
自私自利的女人！自己鍋裡的米熟了就好！就不管他人燒了屋頂！
不錯！形容的入味！

是嗎？
我倒覺得你們是對我家女生有興趣吧？
我可不敢—
癩哈蟆吃天鵝肉！
沒有。
只有偷吃过鴨肉
還有你！是不是想追小魚丸當老婆？
天打雷劈！
我還想活久一點！
至於你賊溜溜的盯著我看，早就懷疑你不安好心。
糗
海賊已經入獄了！
我只想安份的賣魚丸，養育我的女兒們。

其實我也很贊成大師父的「懷疑論」。
我覺得海賊也蠻可愛的。
就是呀！
同情是最大的縱容。
今天才知道，原來海賊王就是小學同學小土豆，暗戀我二十年……
這張婚紗照片拍的是不是很窩心？
有點噁心囉！

唉～
花落水流，一去無蹤。世俗的眼光多麼無奈……
相思苦嗎？
苦相思嗎？
唉！
浪
費
喲！
學學我吧！
光明一些。
快閃人！
光頭哥哥，來給我愛一下唄！
早就知道你們有一腿了！

大王。
大王。
不要把我從沉思中喚醒……
你想出來逃脫的方法了嗎？
廢話！有辦法我還會吊在這兒？
沒辦法嗎？「臭魚寶庫」你如何解釋？
滿腦子的秘密！還把我們當兄弟！

既然想知道，
臭魚寶庫最大的秘密，那就是……
雙冬丸我愛妳！
雙冬丸我愛妳！
雙冬丸我愛妳！
大王是不是中煞啦？
我愛妳！雙冬丸
我愛妳！雙冬丸
我的夢，我的人生，我的幸福……
心愛的人，還有計劃中的生育兒女。
小龍蝦、
小章魚、
小石斑、
小海星、
小蝌蚪、小珊瑚
……

不能坐以待斃！
大蟹仔用力扯斷鐵鍊！
不行，我沒力了。
鐵鍊釘的不深，你的力氣夠，快試試！
我不想掙扎了！
反正我也沒像你有那麼多的牽掛！
沒牽掛嗎？龜師爺說你最想把我幹掉當島主！
你怎麼能講這種沒良心的話？
我…
我…
我忘~…
因為說過太多的壞話…

鐵鍊斷了！
耶！
真的！
害我尿濕褲子！
咔
有人來了！
快歸位！見機行事！
唬!!

嘿嘿嘿……
搖！搖！！
見了賊人還搖什麼狗尾巴？
真是丟主人的臉！
咔嚓
哎喲喂呀！
爛狗！沒吃飽嗎？

什麼人養什麼狗！你的黑心永遠填不飽吧？
說對了！
永遠填不飽！
疼死我了！
好硬的殼！
快說臭魚寶庫在什麼地方？
少扯蛋！
最危險的地方就是安全的地方。
智商很低，一下子反应不过来。

用力思考了整整一分鐘…
他說的是什麼地方呢?
又想了一分鐘…
呵!
再過了一分鐘…
終於頓悟!
你竟敢……
唬我這麼聰明的人!
因為心虛而小聲。
我不饒你!
別拉我!
我要砍……
汪
汪
汪
汪
汪

別叫！
臭狗！
吵死了！
汪
汪
汪
汪
汪
進去
看看！
看到你先
睡我才睡
的嘛！
吵人家好夢！
睡的那麼
舒服！
起來！
哇！阮司令官！
汪
汪
汪

發生了什麼事？
臉被捶成柿餅啦！
犯人呢？
請看後面。
汪汪
螃蟹飛拳!!!
500公斤
500公斤

PON!PON!
遇到熊就裝死。
最危險的地方。
就是最安全的地方！

呀
咳!
咳!
嚇的忘了自己是狗狗。
啊嗚
啊嗚
啊嗚
啊嗚

不要笑…！
不要笑…！
搜捕隊
待命！
報告司令！
哼！！
就地正法！
搜捕海賊！

汪汪汪汪
你！
竟然眼睜睜的見自己的主人被欺負？
哇唬！
養狗要先對狗好，他才會對你忠。
乖狗狗！
喲呵呵！我這種好人養的狗當然是好狗囉！

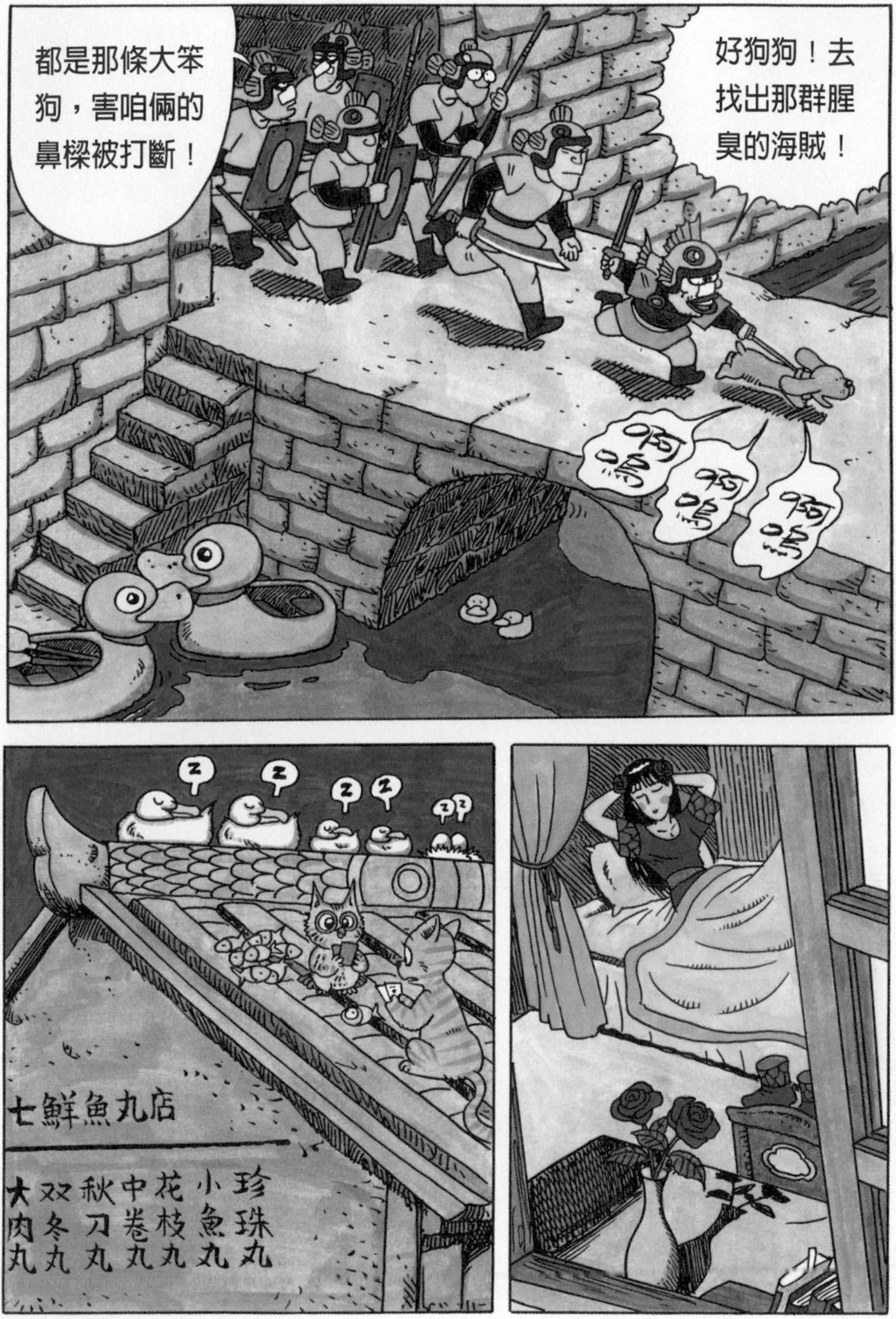
都是那條大笨狗，害咱倆的鼻樑被打斷！
好狗狗！去找出那群腥臭的海賊！
啊嗚
啊嗚
啊嗚
七鮮魚丸店
大肉丸
双冬丸
秋刀丸
中卷丸
花枝丸
小魚丸
珍珠丸

二姊！
小魚丸！
嚇我一跳！
這麼晚了還不上床？
睡不著……
髒腳丫
怕妳一個人想太多了。
我？我想什麼呢？
想男生吧？
胡說！
我才沒有在想他！
說了！說了！二姊臉臉都紅了！
好嘛
人家是有一點點在想他……
他就是臭魚王囉！
睡吧。
PADA
PADA
PADA
喘
喘
喘
喘

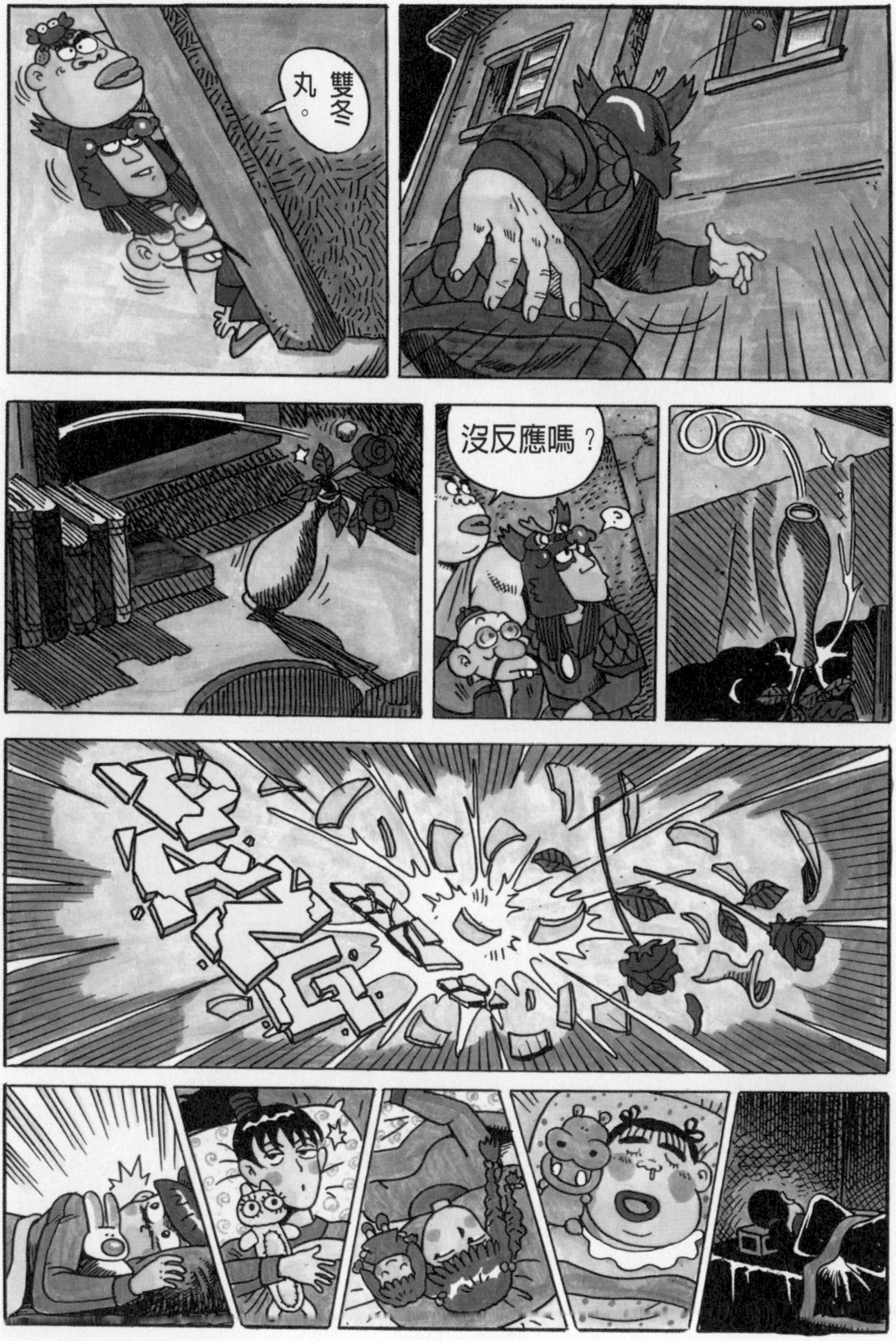
雙冬丸。
沒反應嗎？
？

呀！是土豆丸！
你逃出來了！
帥耶！
不愧是海賊！
二姊妳好神！想他他就出現了！
七鮮魚丸店

聽！
啊嗚
啊嗚
啊嗚
啊嗚
啊嗚
啊嗚
糟！
發現了？
一隊官兵！
氣洶洶的
好像在搜捕犯人！

是不是海賊逃獄了？
快把窗關好！
不可以窩藏人犯！
我…
我…
可是……
門開了！
小魚丸？
快進來！

啊嗚
啊嗚
啊嗚
BOOM!!
BOON
BOON
BOON
剎車
油行
麵
注意路況！
嗅！

嗚嗚嗚嗚
嗚嗚嗚嗚嗚嗚！
七？是七鮮
魚丸店？

砰
每個角落
給我抄！
汪
汪

強盜呀！
強盜呀！
官兵呀！
啊……
汪
汪
汪
哇！哇！

沒有人。
裡面沒有人呀！
此地無銀三百兩？
狗為何狂吠？
哇
中了！
!

哇
捅破肚皮了吧！
啊？這是……
河馬會哇哇叫？
!
喂！
這有何好怕？
你竟然殺了我的小河河！
啊！

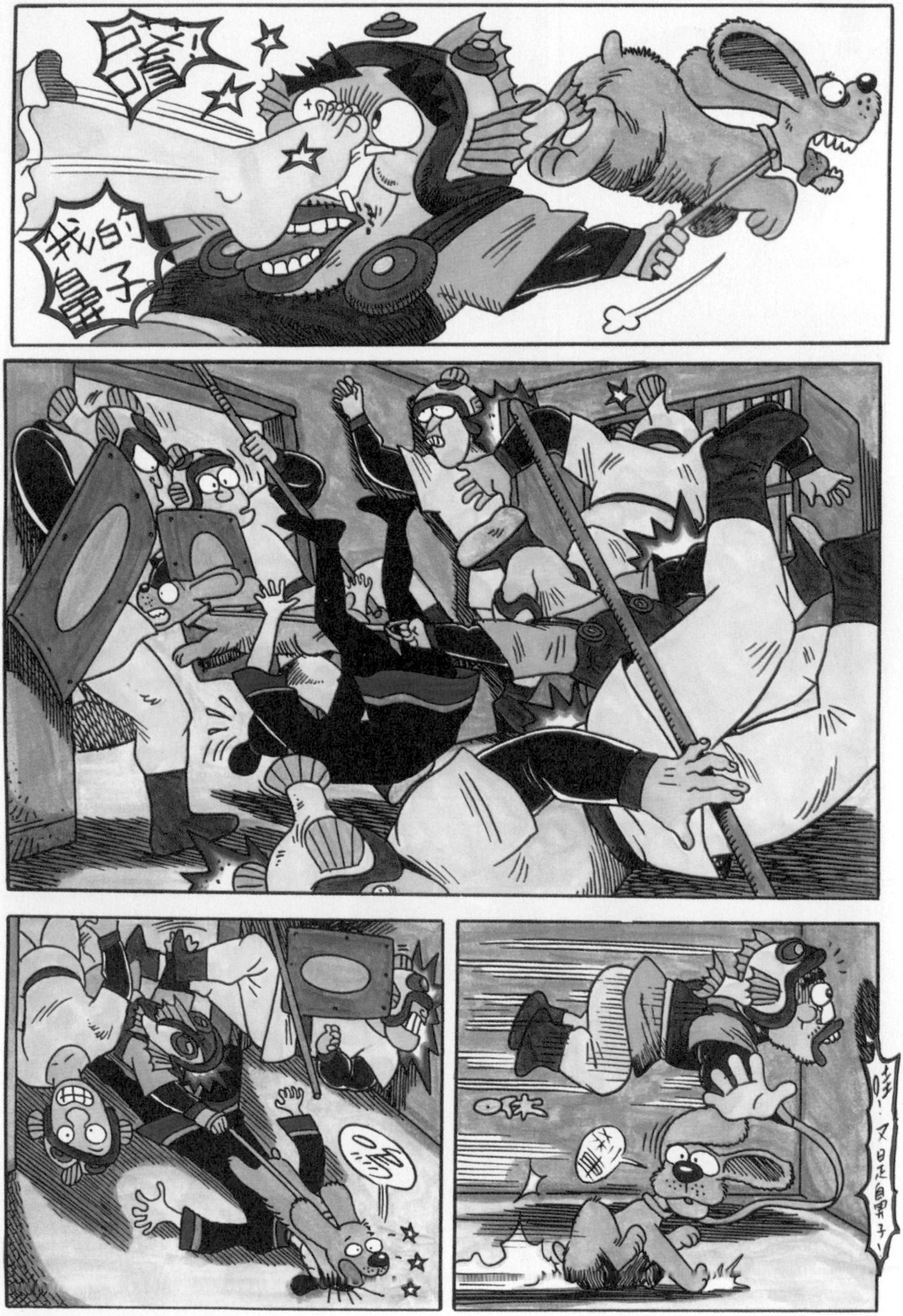
噹!!
我的鼻子
咻
哇!又是鼻子!

!
汪汪汪
發現東西
別咬我的手！
你說嗅到了
海賊的味道？
床底下藏
著什麼？

媽咪呀？
破蛋粉拳！
搞什麼飛機？
給我去別家搜！
走了。
真是好險啊！

哼！
這群官兵是進來找什麼東西的？
搜
捕
海
賊
放心吧！
他們一定是躲回臭魚窩了……
伯母。
嗯！
啊！
打擾了。
你
你
你
你
你剛才躲在那裡？
躲在我的被窩裡………
媽
媽
媽
媽
媽
媽
媽
媽

當心！
沒事。
好硬的
鐵頭。

看來他有很深的中國武術！
今天來的那個瘦老頭很棘手！
我們已經洞悉了他們的實力。

唔！
啊！
我看見了……
白臉婆在船上嗎？
防衛官！

和服！
假髮！
快綁好！！
乒乒乒乒在跳舞嗎？
喲！
喔！三個人在玩什麼？
等一下！
嗨！

阮司令官
登船有何指教？
海賊脫逃，特來警告你要小心。
是的。感謝長官的保護。
噓！
回去報告師父吧！
！
很奇怪哪！你的鼻子好像不見去了哩？
我…
咦？你的便當包包怎麼跑到前面了？

那裡！
那裡！
是和服沒有綁好的啦！
會飛的奶子！
不是啦！這是保護胸部的啦！
椰子殼？

原來你是男扮女裝？
穿梆了！
你是誰？搞什麼飛機？
堵住他—
倭寇！

三個打一個！
有點賴皮。
我們上去幫他！
我先回去報告師父。
哎！
臨陣脫逃！你也不是什麼好漢！
我才不要幫那個司令官。
再怎麼爛，也是個中國人呀！
佐佐木鏢陣

汪
汪
汪
撿回來！
乖狗
主人一定誇獎我…
?
笨狗！你搞錯方向啦！

你別囂張！
叫我的部隊來消滅你！
啥？
船離港了！
沒人能救你了！
來受死吧！
可惡！

!
原來是艘特務船！
地板暗藏機關和兵器！
笨狗也中了特獎！我也踩踩……
汪
哇
領獎吧！

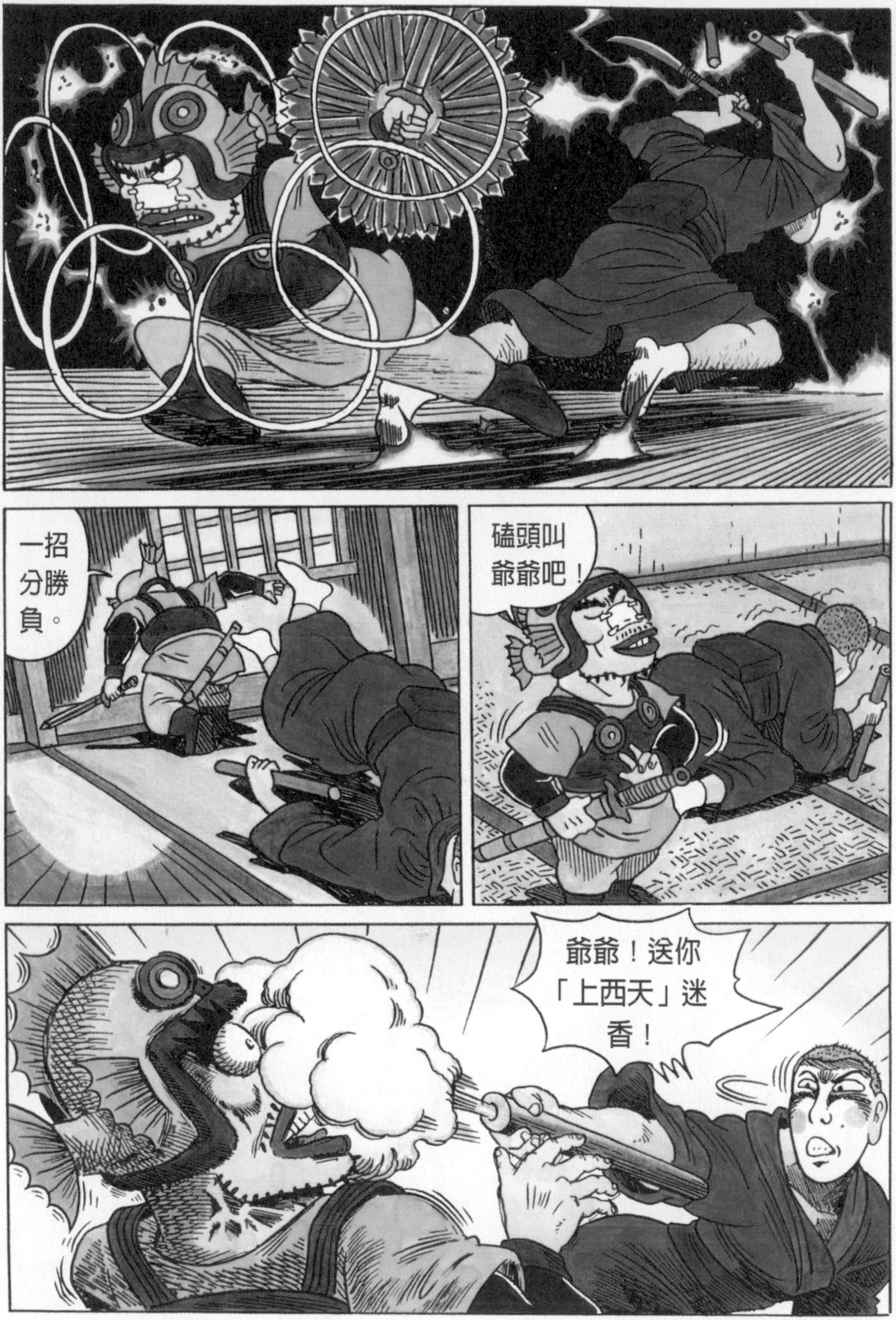
一招分勝負。
磕頭叫爺爺吧！
爺爺！送你「上西天」迷香！

註：「八個鴨魯！」日語：混蛋。

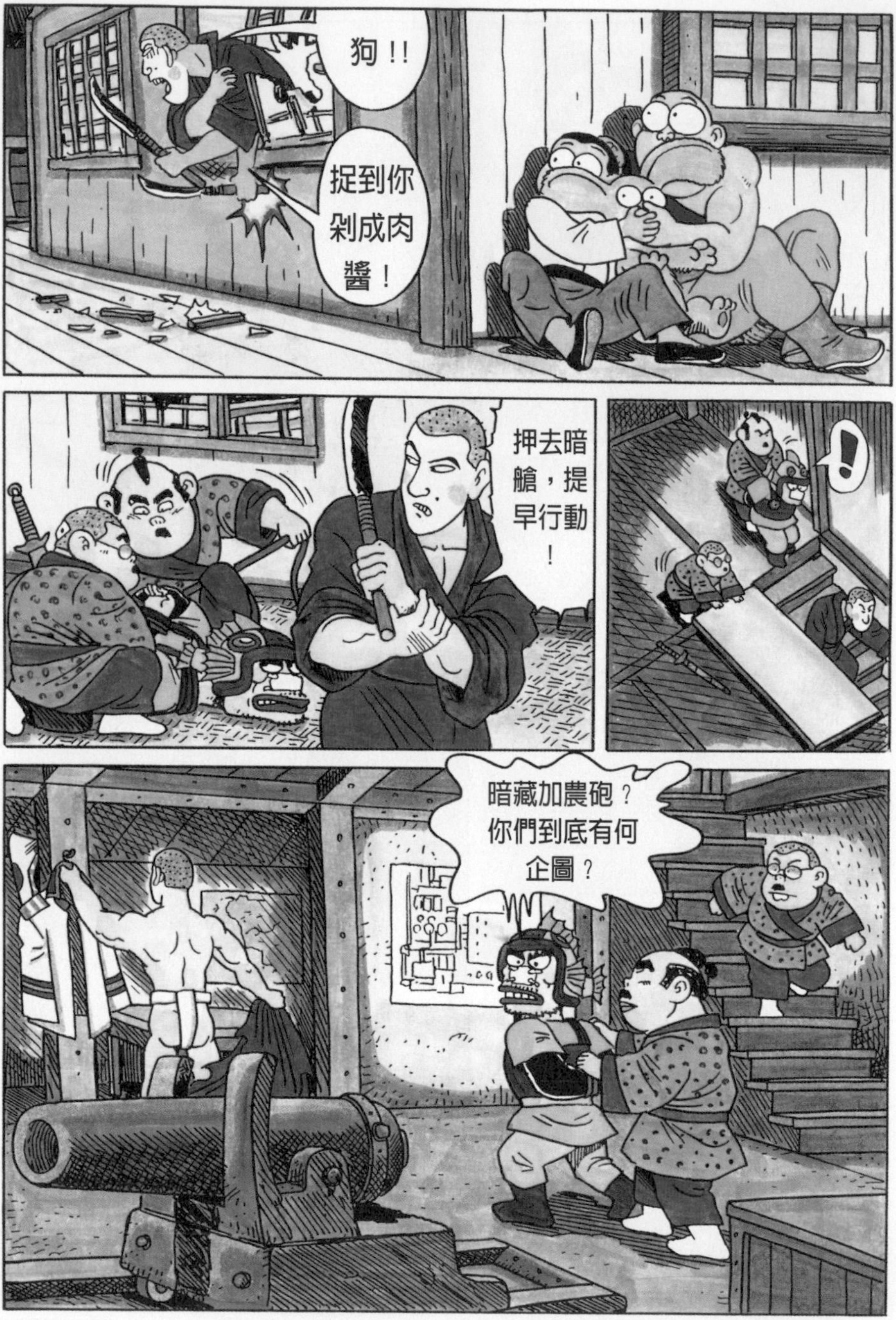
狗!!
捉到你剁成肉醬!
押去暗艙，提早行動!
!
暗藏加農砲？你們到底有何企圖？

啊！這是魚丸村
海防鳥瞰空照！
你們畫地圖是
準備投資蓋遊
樂場嗎？
哈哈哈哈……有
你這般軍人，我
們才有機會侵略。
這蚊香點
完，埋藏在
你基地的炸
藥就會引
爆！
事態嚴
重，快回
去報告師
父！
你去
還是
我去
？
你啦！
我嗎？
你嘛！
我！
你呀！
我？
你啦！
我？？
你…
牠！
嗯哼。

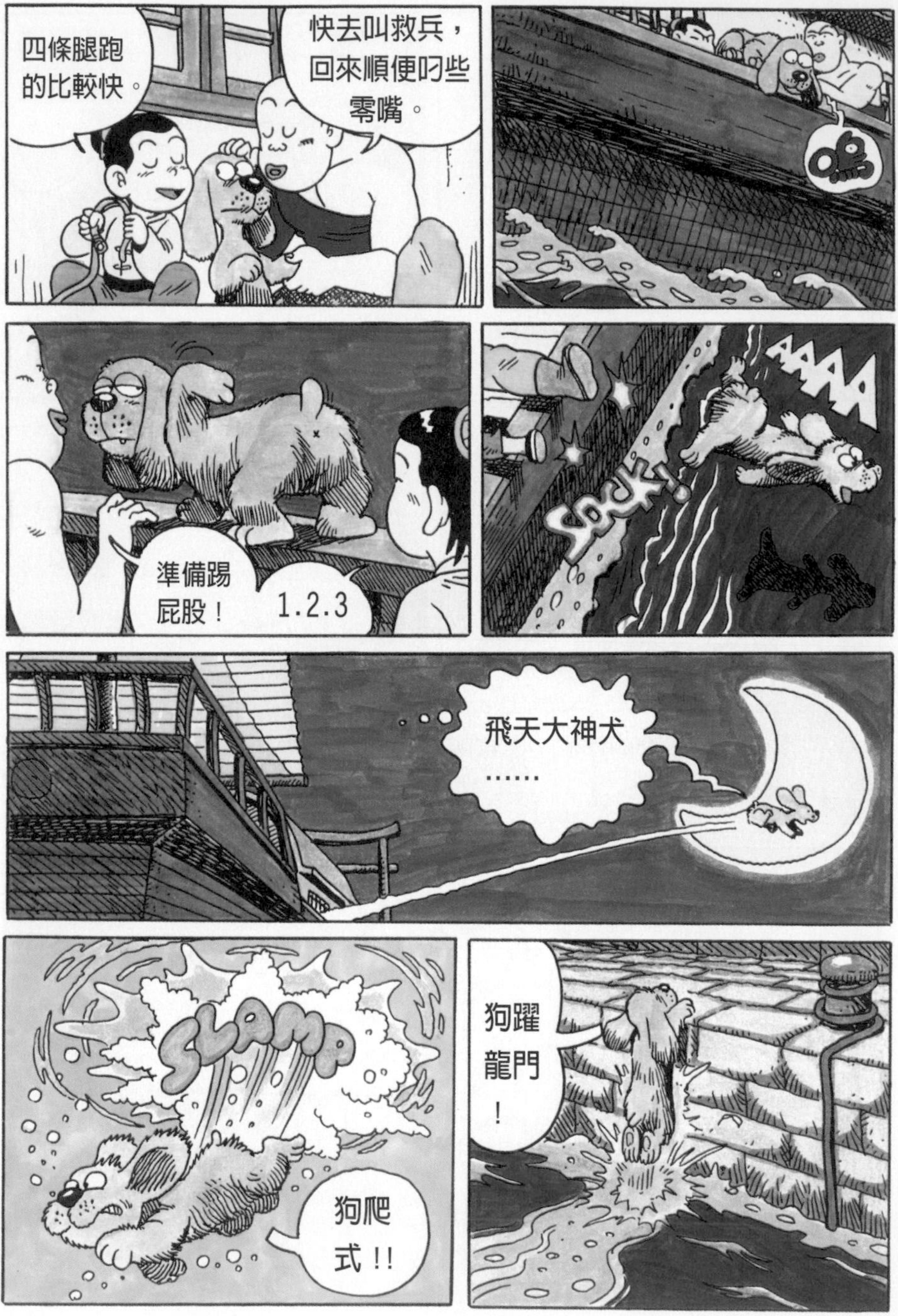
快去叫救兵，回來順便叼些零嘴。
四條腿跑的比較快。
嗚
準備踢屁股！
1.2.3
SOCK!
AAAA
飛天大神犬……
SLAMP
狗爬式!!
狗躍龍門！

抖!
抖!
抖!
啊嗚
汪
汪
汪
走開!!
吵什麼?
!
嗚嗚
嗚嗚

啊嗚
啊嗚
啊嗚
啊嗚
!
海防隊又來了嗎？
破他個西瓜！
和這些官兵拼了！
媽！妳這是犯罪呀！
我看他們是犯賤！

殺
七鮮
魚丸店
!
!
!
!
!
!
七鮮
魚丸店
SOS
嗚
SOS

警犬畫了日本船，
偷偷的……
畫了一個阮司令官。
他被擺平了？
畫了大師兄。
還有小師弟。
他們在船上看著……

我懂了，是師兄弟回報：阮司令官被日本白臉婆抓住了！
汪
汪
汪
她……是個男的！
完全答對！
請來賓掌聲鼓勵！
我真對不起海賊名聲！
還被他騙喝火山大補酒！
別嚇人嘛！

都是大王先喝的。
對呀！也沒人強迫他！
二姐，他行不行呀？還要靠喝大補酒？
好了！不要再提了!!
現在正是報仇的好機會。
對！還可代罪立功。
我們三人力量太小，
怎麼把船划出去？
咱們娘子軍來助一臂之力！
也算我一份吧！
！
…

看不到任何動靜。
他們下去了。
數到三就衝進去！
哎呀！
真是沒默契！
我的堡壘。
我的兵，
我的船。
你們究竟在下面埋了多少火藥？

足夠炸翻天。
魚丸村海軍防衛隊！
馬上就要灰飛煙滅！
五
四
三
二
一
引爆！
──靜──
?
沒聲音！
沒爆炸！

你有按下計時鈕嗎？
那裡？
不是你說要去按的嗎？
幸好遇上了兩個日本烏龍……
好像比我還要笨。
切腹吧。
大腸獻給長官做滷菜。
哈哈哈
切肚子有何用？又不能阻止敵人的譏笑？
直接用艦炮轟擊彈藥庫？

七鮮魚丸店
喂！你們造反啦？這裡是海軍港口禁區！
站崗不准睡覺。
噓！
悄悄地告訴你。
堡壘要被攻擊啦！
把我當白癡！
誰那麼大膽敢炸海軍要害？

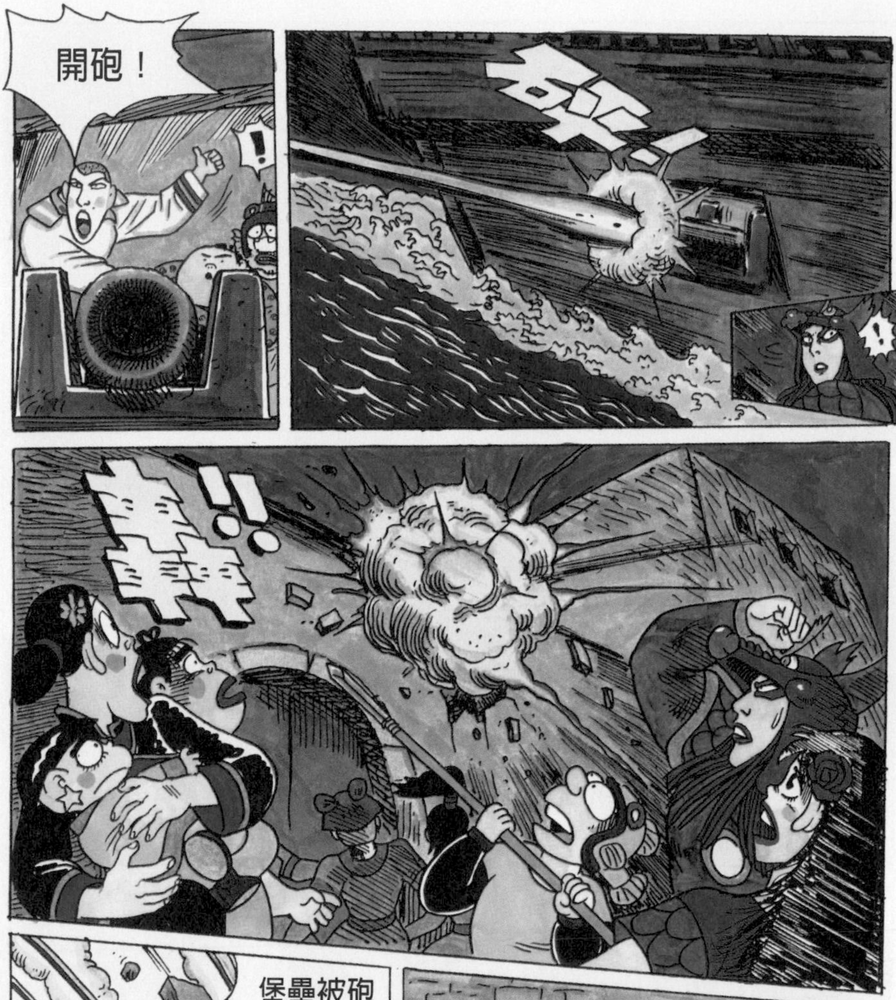
開砲！
堡壘被砲擊啦！
大家快上船！

發生什麼事？
這是演習嗎？
快緊急備戰！
汪
汪
是那艘日本船開火的！
還擊！
不行呀！阮司令官被俘虜在船上!!
快改變射程！
快！
PON
PON

我的砲塔開始還擊了吧！
沒一發擊中！
PAN!
DON
又沒爆炸
我的砲塔固若金湯，原子彈都不怕！
垮了
真是不堪一擊！
竟然騙我軍的設計費！
可惡的美國設計師！
彈藥全都在下面。
一定要想辦法阻止他們才行。

臭魚王請你救回阮司令，拜託了！
忠心的士兵，臨死不忘長官的安危……
他還積欠咱們六個月官餉，當然要找他要！
大王，快一點！
開船！

準備艦砲攻擊！
好好玩。
夠刺激吧！
女兵們，不要聊天，專心工作！
想起和你爸談戀愛的時候…
啞巴彈了!!
阮司令竟然把砲口灌鉛啦！
笑不出來了吧！
這該怎麼辦？
瞄準海賊船！

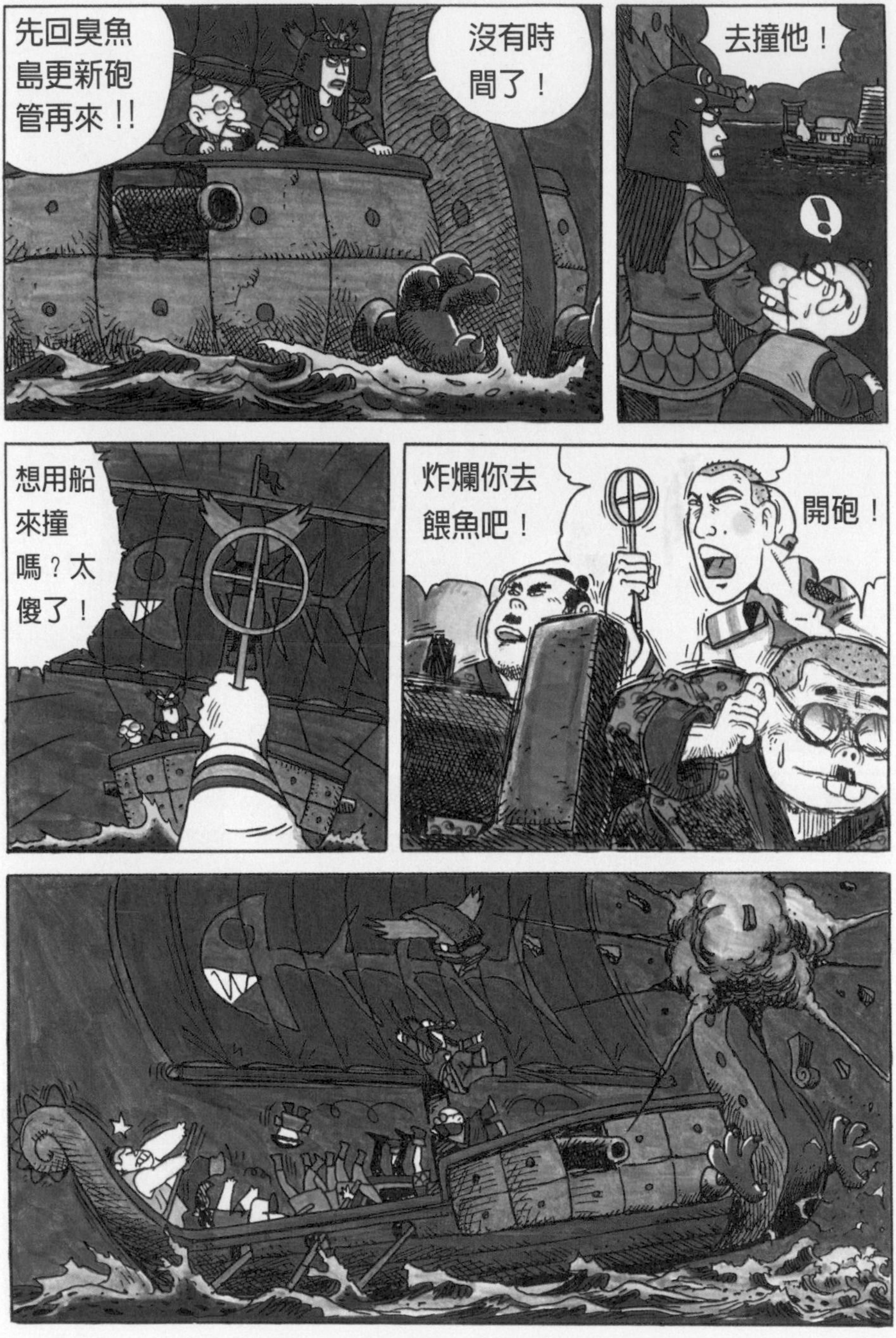

先回臭魚島更新砲管再來!!
沒有時間了!
去撞他!
!
想用船來撞嗎?太傻了!
炸爛你去餵魚吧!
開砲!

呵！呵！感謝阮司令封了他們的盤砲！
上了你們的當！你們比海賊還壞一百倍！
壞
壞
壞
我會呈報給總部，再轉給中央，然會評估如何把日本……
下一發砲彈就讓臭魚號永遠消失在世界上！
事不宜遲，咱們必須行動了！

你去扁人，我去拿砲彈！
我去拿砲彈，你去扁人！
猜拳贏的去拿砲彈！
輸了不準賴皮！
剪刀、石頭、布
布—
石頭—
剪刀—
變
1
2
3
突然換手？
哈哈！
你輸了！
扁人了！
上！
烏龍兄弟出馬！

住…住…住…
住手!
!
!
!
阿嗒!!!
嗚……嗚……
嗚……嗚……
（當心火藥）

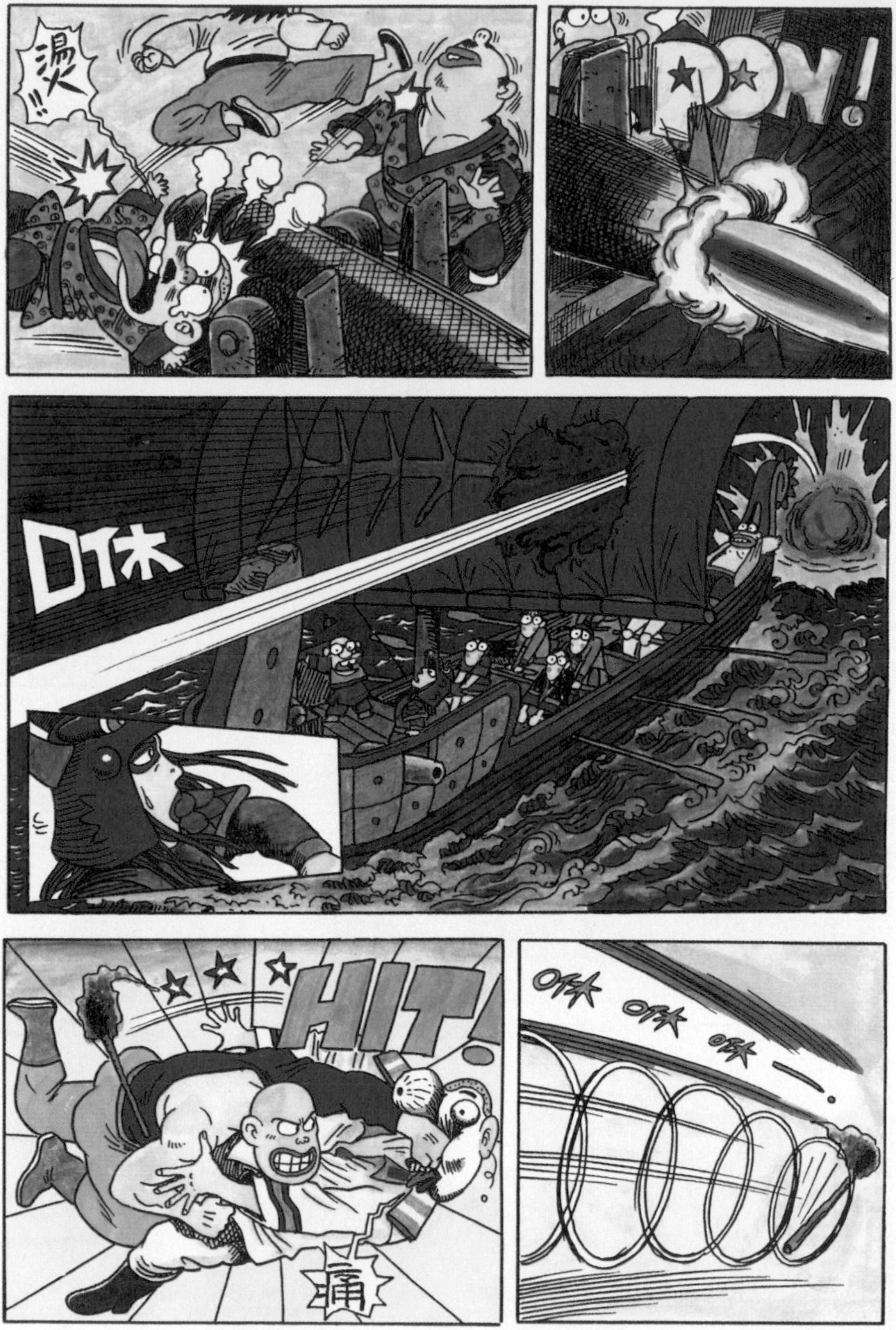
燙!!
DON!
咻
HIT!
痛
咻★ 咻★ 咻★—.

!
絲
哇!
絲
絲
炸彈開
花啦！

炮彈
嚴禁煙火
絲
DON
DON
DON
DON
絲
絲
絲
絲
絲
絲
絲
炮彈
嚴禁烟火

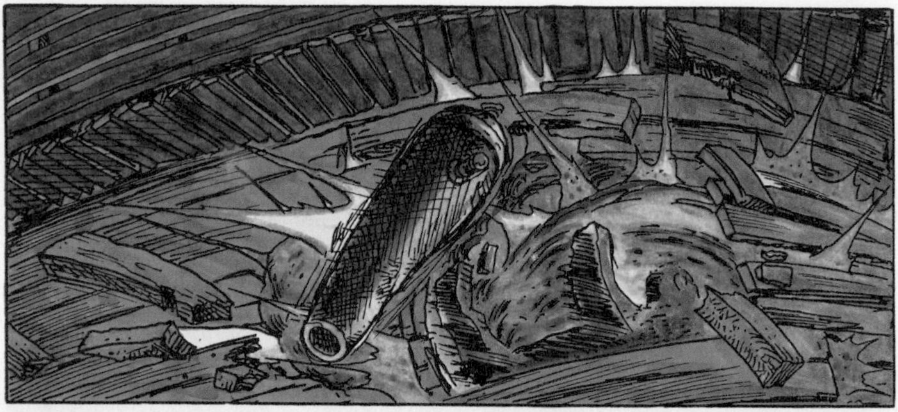

哇!
BOOM

呼！飛的好爽！
轉的天旋又地轉……
咦？
你是誰？
天使長的也這麼抱歉嗎？
你是阮司令？
耶！這麼巧！大家都來天堂報到啦！
你是怎麼飛過來的？其他的人呢？

本司令勇猛禦敵，以寡擊眾！以少勝多！後來就……後來就……
後來就綁在柱子上？
後來轟然一聲，我就在這兒了。
多虧烏龍兄弟救了我！
但是他們卻捨身取義壯烈犧牲了！
唉！
唉！
媽，什麼叫做壯烈犧牲呀？為什麼大家都在唉！
唉！
唉！
唉！
唉！
唉！
唉！
唉！
唉！
唉！
每個人都在唉！

小魚丸，妳唉的好難聽哪！
!
七鮮魚丸湯
烏龍兄弟回來啦!!
七鮮魚丸店

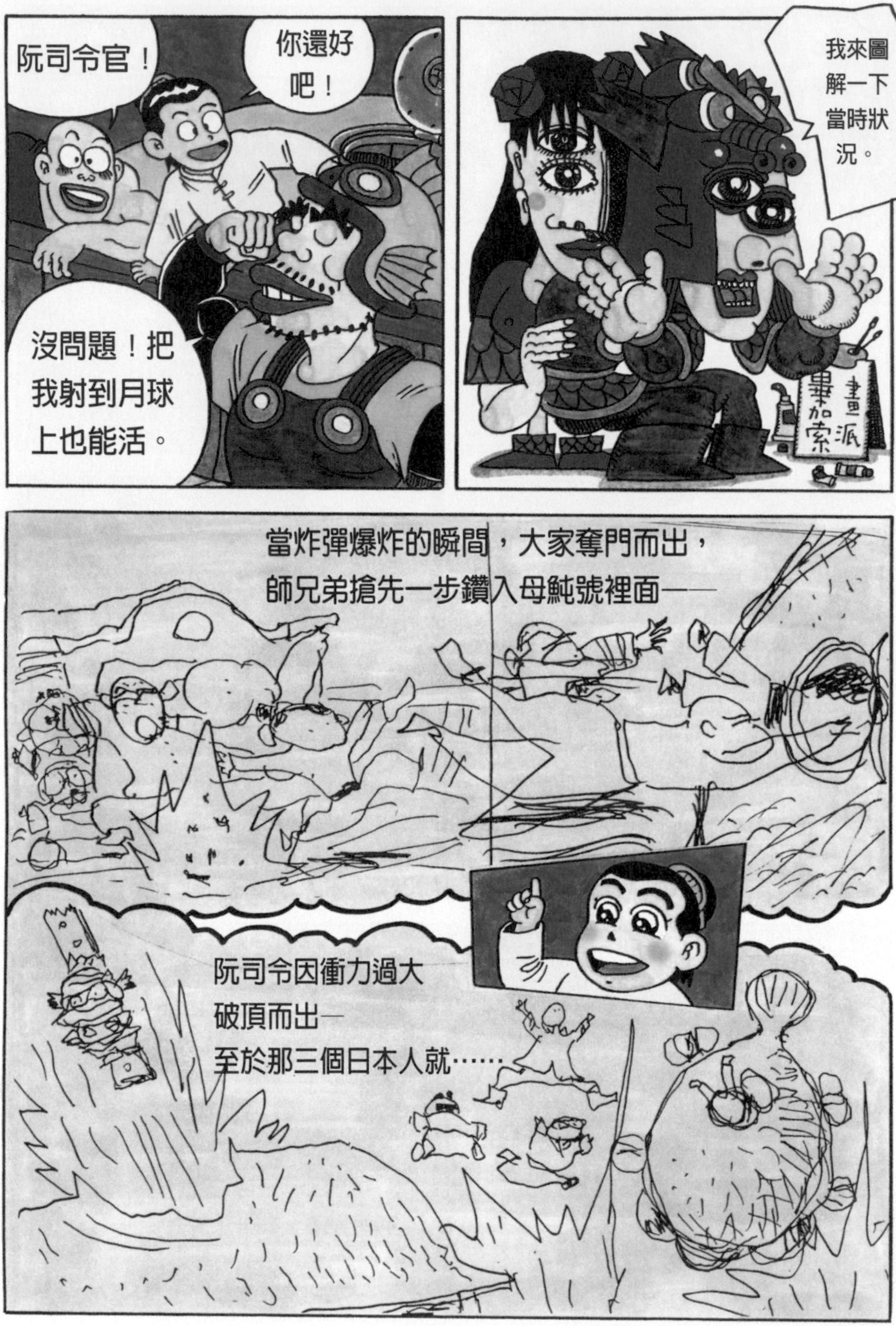
阮司令官！
你還好吧！
沒問題！把我射到月球上也能活。
我來圖解一下當時狀況。
畢加索畫派
當炸彈爆炸的瞬間，大家奪門而出，
師兄弟搶先一步鑽入母純號裡面——
阮司令因衝力過大
破頂而出—
至於那三個日本人就……

小魚丸，我帶了一份禮物要給妳。
我的神奇奶嘴！
你對我最好了！
原來是這麼回事呀！
到底誰才是真英雄呢？
阮司令，那艘船快沉沒了！
日本情報船在我英勇的指導下，技術性的擊沉！
至於我軍的母魨號……
HA HA HA
船沈啦!!!
我的船？

海軍最精密的情報潛艇！眼睜睜的就泡湯了！
我對不起皇上！
悲壯的母魨號呀！
跳海殉節！
我要與船共存亡。
咦？沒人理我？
忠臣原來是如此孤單寂寞。
你不跳海了。
因為國家還需要我。
小孩子不會懂的。
快黎明了。返航吧！

旭日。
我帝國至高無上的象徵。
我們是旭日下的烏雲。
大尉要切腹滷大腸嗎？
咦？
像奶頭一樣的奇物？帝國潛艦嗎？
哇！是那隻八爪巨章！
北極

白砂椰影，
菜香酒濃，
張燈結彩，
喜氣洋洋，
臭魚島上今天有情人終成眷屬。
臭魚王是樂不可支。
喜上眉梢
親愛的，我親自炸的臭魚酥。
超級勁臭！
各位貴賓、
請熱烈歡迎第一對佳偶！
各位兄弟！
司儀
天王級的臭！
100%
超臭

大家別客氣，請吃臭魚酥！
謝啦!!!!!
請歡迎第二對新人。
噢？
還有別人結婚？
大蟹仔與大肉丸！
大師兄，新郎不是你嗎？
愛並不是擁有。

KISS一下吧！我戀愛史裡的首頁！
喔！放感情的飛吻！
刻骨銘心吧！
大家靜一靜。
現在熱烈歡迎第三對佳偶！
還有誰結婚？
誰呀？
奇怪！
好神秘！
嗨！
是我。
媽！！
哇!!!老花!!!

—七鮮魚丸全冊完—

七鮮魚丸　後記

花了四千新臺幣，報名學潛水。

買齊全套裝備到位，還沒有摸到水，又去了兩萬四。

現場實習日，搬師到海邊，噗通下了水。

心情雀躍，如魚得水，教練在水中用手示意：「不要游太遠噢！」

我管它。我正陶醉在藍色水晶宮奇妙又神秘的氣氛裡……

魚！真的魚！真正的活魚！就在身邊倘佯！一隻！兩隻！五隻！不！──是一群……

哇哈哈！左邊又來了一群……前面更多群……

咦？呼吸有點悶塞！

一瞄氣瓶表，──

天哪!! 指標正挪向紅色區域啦～～

連游帶爬掙扎上了岸，蛙鞋沒站穩，一個狗吃屎，只見到教練比白帶魚還臭的臉……

我的處女潛航。

這篇作品完成在夏天。

泳技、魚丸、海盜、潛艇、小島……都和大海有些關係，這可能是和長久悶在屋裡的心有著強烈嚮往海洋的反射傾向。

看西遊記時才知道東海龍王也姓敖，名叫敖廣，還有南海、西海、北海龍王也都姓敖，所以我的老祖宗可能是從海裡移民上來的。

高中時代考進了一所海事學校，唸的是漁撈科，心中期望著在陸地上無法一圓的畫家之夢或許能在汪洋之中尋得寄託，……幻想著每天睜開眼就是碧海藍天、浪花朵朵、晚霞七彩、月色如銀，在搖晃的船身裏搖晃著畫筆搖晃著作畫，飄到哪兒就畫到哪兒，非洲、美洲、亞洲、歐洲、北極……噢！多麼浪漫的七海畫家呀！

可惜討海本事沒學會，先學會了海盜的本領，因為打架事件而被學校退學，感受到人生的大海才真是波濤洶湧。但是在逆流中掙扎的小魚兒，並未隨波逐流墮入暗淵，仍憑著那股一心想學畫的癡念，終於考入了美術學校，登上了光明的彼岸……

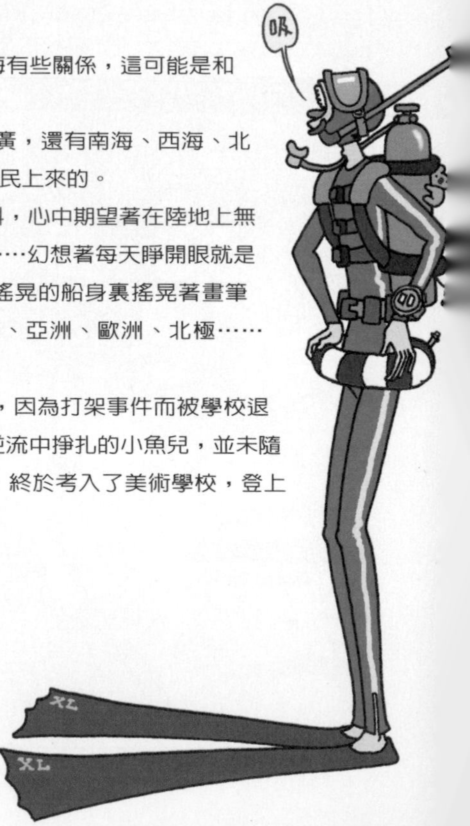

想從前、看現在、思未來……

與海有緣，與你分享。

敖幼祥 2003/7/22

HAPPY BIRTHDAY
HAPPY BIRTHDAY
HAPPY BIRTHDAY
HAPPY BIRTHDAY
哇！愈來愈壯大！
6
周年
士鮮
魚丸店

時報漫畫叢書FT803

七鮮魚丸

作　　者 — 敖幼祥
主　　編 — 郭燕鳳
編　　輯 — 林誌鈺
美術設計 — 許立人
董 事 長
總 經 理 — 趙政岷
總 編 輯 — 李采洪
出 版 者 — 時報文化出版企業股份有限公司
10803 台北市和平西路三段240號3樓
發行專線 —（02）2306-6842
讀者服務專線 — 0800-231-705
（02）2304-7103
讀者服務傳真 —（02）2304-6858
郵　　撥 — 19344724 時報文化出版公司
信　　箱 — 台北郵政七九～九九信箱
時報悅讀網 — http://www.readingtimes.com.tw
電子郵件信箱 — newlife@ readingtimes.com.tw
時報愛讀者臉書粉絲團 — http://www.facebook.com/readingtimes.2
法律顧問 — 理律法律事務所 陳長文律師、李念祖律師
印　　刷 — 華展印刷股份有限公司
初版一刷 — 2003年8月16日
初版二十一刷 — 2016年8月15日
定　　價 — 新台幣280元

行政院新聞局局版北市業字第八〇號

ISBN 957-13-3958-X
Printed in Taiwan

編號：FT0803	書名：七鮮魚丸
姓名：	性別：□男 □女
出生日期： 年 月 日	e-mail：
學歷：□小學 □國中 □高中 □大專 □研究所（含以上）	
職業：□學生 □公務員（含軍警） □管家 □服務業 □金融 □製造 □資訊 □大衆傳播 □自由業 □農漁牧 □退休	
地址：______縣市______鎮鄉區______村______里______鄰 ______路街____段______巷______弄______號______樓 郵遞區號__________	

請沿虛線撕下後對折裝訂寄回，謝謝！

①您被這本書吸引的原因是：（可複選）

□封面設計 □價格 □漫畫書名 □廣告宣傳
□朋友介紹 □作者 □其他

②您購買本書的地點是：

□網路書店 □一般書店 □漫畫便利店 □連鎖書店 □其他

③您喜歡本書的那些內容？（請依喜愛程度，以1.2.3.4.表示）

□漫畫畫風 □彩頁 □故事情節 □封面 □其他__________

④您經常購買那一類書籍？（可多項選擇）

□財經企管 □社會人文 □文學小說 □漫畫 □流行書/雜誌

⑤您對本書的感想（歡迎任何意見，敬請批評指教）

____
____
____
____

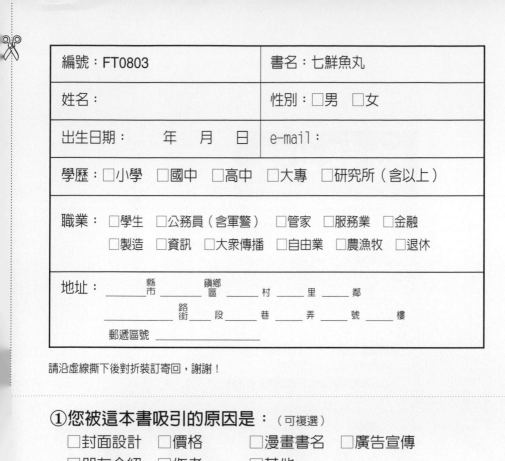